一篇恋爱小说

〔日〕芥川龙之介
Ryūnosuke Akutagawa —— 著

邱雅芬 —— 译

或恋爱小说——
或は「恋愛は至上なり」

辽宁人民出版社

图书在版编目（CIP）数据

一篇恋爱小说／（日）芥川龙之介著；邱雅芬译．—沈阳：辽宁人民出版社，2020.4
 ISBN 978-7-205-09811-7

Ⅰ．①一… Ⅱ．①芥… ②邱… Ⅲ．①短篇小说—小说集—日本—现代 Ⅳ．① I313.45

中国版本图书馆 CIP 数据核字（2020）第 001387 号

出版发行：辽宁人民出版社
　　　地址：沈阳市和平区十一纬路 25 号　邮编：110003
　　　电话：024-23284321（邮　购）024-23284324（发行部）
　　　传真：024-23284191（发行部）024-23284304（办公室）
　　　http://www.lnpph.com.cn
印　　刷：天津旭丰源印刷有限公司
幅面尺寸：145mm × 210mm
印　　张：8
字　　数：146 千字
出版时间：2020 年 4 月第 1 版
印刷时间：2020 年 4 月第 1 次印刷
责任编辑：祁雪芬
封面设计：吉冈雄太郎
版式设计：新视点
责任校对：冯　莹
书　　号：ISBN 978-7-205-09811-7
定　　价：42.80 元

译者序

芥川龙之介（1892—1927）是日本大正文坛的领军人物，在激烈的时代转型期，他倾力建构包含东西文化精粹、融合传统与现代要素的文学殿堂。在其活跃于文坛的短短11年间，创作了小说、评论、随笔、游记等诸多文体的作品总计二百余篇，被公认为日本空前的短篇作家。迄今为止，已有数十个国家出版了芥川文学，芥川文学被译成中文、英语、韩语、俄罗斯语、葡萄牙语、西班牙语、越南语等，可谓声名远播。

芥川的父亲新原敏三经营牛奶业。芥川出生7个月后，因母亲精神失常，被送往舅舅芥川道章家抚养。11岁时母亲去世，舅舅膝下无子，遂正式成为其养子，改姓芥川。芥川家是世家，祖上世代担任江户城的司茶者，家中文学、艺术氛围浓郁，养父芥川道章擅长南画、俳句。或许由于家庭环境的熏习，外加天资聪颖，他从小就喜欢阅读日本江户文学以及《西游记》《水浒传》

等中国文学。芥川于 1913 年考入东京帝国大学英文系,1915 年发表《罗生门》,并成为日本文豪夏目漱石的门生。翌年发表《鼻子》,受到夏目漱石的高度评价,由此闪耀登上日本文坛,同年以优异成绩大学毕业。1919 年辞去教职,成为专业作家,并与塚本文(1900—1968)结婚,先后生下三个儿子。

1921 年 3 月至 7 月芥川以大阪每日新闻社海外视察员身份访问中国,在中国逗留了 120 余日,这是他梦寐以求的中国之行,也是他人生中唯一的一次海外之行。在中国旅行期间,芥川亲历了日本帝国主义的狂暴。35 岁那年他选择自杀离去,当时日本刚刚经历了大正、昭和的改元和昭和金融危机。芥川之死震撼了整个日本社会,一代"鬼才"、不食人间烟火的书斋才子等成为他挥之不去的标签,其文学评价因其自杀而跌入低谷。1951 年黑泽明导演的《罗生门》在威尼斯国际电影节上获得金奖,该影片以芥川的代表作《罗生门》命名,但实际上是由其另一部作品《竹林中》改编而成,这是日本电影走向世界的契机,也是芥川文学走向世界的契机之一,芥川文学在日本国内也开始获得重新评价。

芥川生前热爱中国传统文化,对中国古诗文拥有较高的鉴赏力,他本人还创作了大量用汉语写就的"汉诗"。在日本大正时代的作家中,芥川是数一数二的汉诗人。芥川在 1912 年 12 月 30 日作汉诗:"檐户萧萧修竹遮,寒梅斜隔碧窗纱。幽兴一夜书帷下，静读陶诗落烛花。"当时他还是一名高中生，但已能用汉诗体裁恰到好处地表达自己静候新年到来时的愉悦心境，从诗中还可了解他对陶渊明诗歌的喜爱之情。他在1913年12月9日又作汉诗："寒更无客一灯明，石鼎火红茶霭轻。月到纸窗梅影上，陶诗读罢道心清。"这与上一首诗作的意境相仿，可见这位东京帝国大学英文系才子的文化情趣及汉学修养，当然他的这种文化倾向与夏目漱石也有一脉相承之处，显示了文化转型期日本知识分子诸多特质。

《一篇恋爱小说》是出版社的命题，在选材过程中，我渐渐感到这个选题显示了独到的眼光。芥川创作了大量有关男男女女的作品，他与吉田弥生的初恋遭到了家人的坚决反对，青年时代的失恋之苦是其早期创作的原动力之一。他的另一些情感纠葛在其私人信函及《某阿呆的一生》等作品中有所反映。

作为日本空前的短篇小说作家，本书收录的芥川作品也多以短篇为主，仅《偷盗》一篇是中篇小说。为展示作家恋爱观、婚姻观、女性观的发展脉络，本书力图以时间脉络编排，但考虑到芥川爱情小说所具有的深刻的理性倾向，遂将其中国题材作品《奇遇》《尾声之信》放于卷首，一来可以让读者领略芥川所具有的中国传统文化素养及其传统文人情怀，还可以了解芥川到中国旅行前的兴奋与期待。《奇遇》中的浪漫幻想给本书带来了一抹亮光，但其一波三折的推进方式也保留了作家一贯的理性认知视角,这也是芥川爱情观的基调。但是,我们也不能由此否认芥川温情的一面,散文诗般凄美的《尾声之信》富含了作家太多的情感,实际上也是一个文化故事。《偷盗》中的兄弟情谊以及作家对白痴女阿浓的怜爱也值得关注。

　　在传统向现代的转折时期,"关关雎鸠,在河之洲。窈窕淑女,君子好逑""投我以木桃,报之以琼瑶。匪报也,永以为好也""桃之夭夭,其叶蓁蓁。之子于归,宜其家人"的婚恋观变得稀有,这在将近一百年前芥川生活的时代已经初露端倪。芥川爱情题材作品的切入视角丰富多彩,有《奇遇》般的浪漫幻想,有早期电影时代的新世相,有充满毁灭性悲剧的不伦。从某种意义上讲,无论传统题材作品《偷盗》《好色》《六宫公主》,还是现代题材作品《葱》《秋》等都较好地呈现了作家的新旧女性观,至今仍然值得我们思考。本书收录的两篇开化时代作品,即以明治初年日本激进的西化时代为背景的《开化的杀人》《开化的丈夫》,一定程度地揭示了"现代性"对传统婚恋的冲击,其悲剧性不言而喻。芥川知道现代婚恋中已经掺杂了太多的杂质,那么他写作《来自第四丈夫的信》《一篇恋爱小说——或"恋爱至上"》等反思现代婚恋形态的作品是颇富于睿智的。

　　由于篇幅所限,本书收录了《奇遇》《尾生之信》《单相思》《袈裟与盛远》《开化的杀人》《开化的丈夫》《葱》《舞会》《秋》《偷盗》《好色》《六宫公主》《来自第四丈夫的信》《一篇恋爱小说——或"恋爱至上"》共 14 篇作品,其中不乏芥川的代表作。感谢出版社的选题,让我们可以从一个新的视角重读芥川作品。本书在翻译过程中使用的原典是日本岩波书店 1995—1998 年版 24 卷本《芥川龙之介全集》。最后我还想再次感谢出版社及本书的编辑,感谢大家的辛勤付出!

邱雅芬
2019 年 7 月初于北京

目　录

奇遇　　　　　　　　　　　/001

尾生之信　　　　　　　　　/015

单相思　　　　　　　　　　/021

袈裟与盛远　　　　　　　　/031

开化的杀人　　　　　　　　/043

开化的丈夫　　　　　　　　/057

葱　　　　　　　　　　　　/081

舞会　　　　　　　　　　　/095

秋　　　　　　　　　　　　/107

偷盗　　　　　　　　　/125

好色　　　　　　　　　/195

六宫公主　　　　　　　/217

来自第四丈夫的信　　　/229

一篇恋爱小说　　　　　/235

奇　　遇[1]

编　　辑　　听说您要去中国旅行，是去南方还是北方？
小　说　家　　打算从南至北转一圈。

---

[1] 典出明代瞿佑《剪灯新话》中的《渭塘奇遇记》。日本近代文学馆所藏芥川文库中也有明洪武十一年序本。

编　辑　听说您要去中国旅行，是去南方还是北方？

小说家　打算从南至北转一圈。

编　辑　都准备好了吗？

小说家　大致准备好了。只是必读的纪行和地志等还没有读完，有些为难。

编　辑　（显出没有兴趣的样子）那种书有很多本吗？

小说家　远比想象的多，日本人写的有七十八日游记、中国文明记、中国漫游记、中国佛教遗物、中国风俗、中国人气质、燕山楚水、苏浙小观、北清见闻录、长江十年、观光纪游、征尘录、满洲、巴蜀、湖南、汉口、中国风韵记、中国……

编　辑　全都读了吗？

小说家　哪里，还一本都没有读。再列举中国人写的书，大清一统志、燕都游览志、长安客话、帝京……

编　辑　哎呀，不用列举书名了。

小说家　还没有列举一本西方人写的书……

编　辑　西方人写的中国书中，反正没有什么像样的东西吧。更重要的是，小说肯定在出发前写完吧？

小说家 （突然沮丧起来）唉，总之，我是打算在出发前写完……

编　辑 究竟什么时候出发？

小说家 其实，计划今天出发。

编　辑 （不胜惊讶似的）今天？

小说家 是的，应该坐五点的快车。

编　辑 那么，离出发时间不是只有半小时了？

小说家 算是吧。

编　辑 （生气似的）那么，小说怎么办？

小说家 （越发沮丧起来）我也想着该怎么办？

编　辑 这么不负责任，可真让人为难啊。不过，无论怎样，仅仅半小时，也不可能让您写出来吧……

小说家 是啊。如果是弗兰克·魏德金[1]的戏剧，那么在这半小时里，也可能发生各种事件，突然冒出怀才不遇的音乐家，或是谁家的太太自杀了——请等等，也许抽屉里还有没发表的稿子。

编　辑 那样的话，就太好了……

---

[1] 弗兰克·魏德金（Frank Wedekind，1864—1918），表现主义戏剧的先驱作家，被奉为德国表现主义戏剧始祖，其作品至今仍在世界各地演出。

小说家　（一边在抽屉里找着）论文不行吧？

编　辑　什么论文？

小说家　题目是《报业对文艺的毒害》。

编　辑　这种论文不行。

小说家　这个怎么样？从体裁看，算是小品……

编　辑　题目是《奇遇》，写的是什么？

小说家　你读一下吧？只要二十分钟就可以读完……

* * *

那是至顺年间[1]的事。在长江边的古金陵之地，有一个名叫王生的青年。他不仅天生富于才干，还相貌英俊。据说人们都称他为奇俊王家郎，可想而知其风采。而且，虽然年届二十，但还未娶妻子。家里门第高贵，还拥有一大笔世袭的遗产。若想穷尽诗酒的风流，其身份是再合适不过的。

王生也确实与好友赵生一起过着自由自在的生活。有时候两人结伴去听戏，有时候赌上一天，或是坐在秦淮河一带的餐桌旁，通宵达旦地饮酒。每当这种时候，沉静的王生便会对着青花瓷酒杯，倾听隐约传来的歌声，而开朗的赵生则一边以醋蘸螃蟹喝着满杯的金华酒，一边对妓品发表着高论。

不知为什么，自去年秋天以来，王生好像忘记了似的，突然

---

[1] 元文宗时代的年号（1330—1333）。

不再开怀畅饮了。不,不仅不再开怀畅饮,甚至对吃喝嫖赌的嗜好也都一概敬而远之。赵生等诸多朋友们自然都对他的这种变化感到不可思议。有人说,或许王生已经厌倦了这些嗜好。也有人说,不,很可能他在什么地方有了可爱的女人。但最关键的王生本人,即便被人再三追问,他只是莞然一笑,完全不予回答。

这种情形持续了大约一年后,赵生某日造访了久违的王生家,王生拿出元稹体的会真诗三十韵,说是昨夜作的。作品在华丽的对偶句中,不断流露出嗟叹之意。若非恋爱中的青年,这种诗肯定一句也写不出来。赵生把诗稿还给王生,一边狡黠地看了对方一眼,一边说:"你的莺莺[1]在哪里?"

"我的莺莺?哪有的事?"

"你撒谎!事实胜于雄辩的是那只戒指。"

赵生指的桌上果然有一只紫金碧钿的戒指,放在翻开的书页上。戒指的主人显然不是男人。不过,王生拿起戒指,脸上的表情略微阴沉了一下,却意外平静地说了如下话语:

"我没有什么莺莺,可我有一个喜欢的人。从去年秋天以来,我不再和你们举杯饮酒,确实是因为有了那个女人的缘故。但她和我的关系,并非你们所想象的那种司空见惯的才子的偷情。就这么说,你可能理解不了其中的原委。不,如果理解不了倒也罢

---

[1] 元稹《莺莺传》的女主人公崔莺莺,此处指恋人。

了，但你也许会怀疑一切都是谎言。所以，尽管我并不情愿，但现在还是把一切都告诉你吧。即便感到无聊，也请听我讲述那个女人的故事吧。

你也知道，我在松江有田产。于是，每年秋天为了收年租，我都会亲自去那里一趟。可是，去年秋天去松江回来途中，船到渭塘边时，我看见一户槐柳掩映的挂着酒旗的人家，朱栏如画，蜿蜒曲折，看样子很气派。长长的栏杆外，几十株红红的芙蓉倒映在河水中。我口渴了，所以立即吩咐把船停靠在挂着酒旗的人家前。

上岸一看，果然不仅房屋宽敞，老爷子也气宇不凡。而且，酒是竹叶青，下酒菜是鲈鱼和螃蟹，可想而知我的满意程度。我确实忘记了多时的旅愁，心旷神怡地喝起酒来。过了一会儿，我忽然发现有人在帷幕后面不时地偷看这里。可是，我朝那里看时，那人便立刻躲到帷幕后面了。我不看时，那人便又盯着这里。我觉得有翡翠簪子和金耳环在帷幕处闪现，但无法确认。有一次好像亲眼看到一张如花似玉的脸，可当我突然回头看时，却只有帷幕慵懒地垂挂在那里。这样反复了几次，我也渐渐地觉得喝得有些无聊了，于是放下几枚铜钱，又匆匆地回到船上了。

可是，那天晚上，当我独自在船上睡得迷迷糊糊时，又在梦中再次去了那户悬挂着酒旗的人家。白天到访时没留意，但这时才发现这户人家有几重门，穿过数重门后，在最尽头的房子后面，有一座小小的绣阁。绣阁前有漂亮的葡萄架，葡萄架下是砌了石头的一丈左右的水池。我还记得当我来到水池边时，水中的金鱼在月光下清晰可见。水池左右栽种着两棵丝柏。靠墙是一排翠柏屏障。其下是用石头砌筑的极自然的假山。假山上的草全都是金线、绣墩之类，即使在略有寒意的现在也没有枯萎。窗间的雕花笼子里养着绿色的鹦鹉，那鹦鹉一看见我就说：'晚上好！'这也令我难以忘却。屋檐下吊着一对小木鹤，嘴里衔着点燃的线香。再看窗户里面，只见桌上古色古香的铜瓶里插着好几根孔雀翎。旁边的笔砚类都很素雅。像等什么人似的，还挂着碧玉排箫。墙上贴着四幅金花纸笺，其上题着诗。诗体像是仿苏东坡的四时词，书法应该师承了赵松雪[1]。那些诗我还都记得，只是现在没有必要背诵。我更想请你听听那玉人般的女人的故事，她独自端坐在月光下的房间里。我从来没有像看见她时那样，深切地感到女人的美。"

"这就是所谓的有美闺房秀，天人谪降来吧。"

赵生一边微笑，一边吟诵着刚才王生让他看的会真诗的头两句。

"嗯，有点像吧。"

---

[1] 赵孟頫（1254—1322），号松雪道人，浙江吴兴（今浙江湖州）人，南宋末至元初著名书法家、画家、诗人。

王生虽说要讲下去,可这么回答后,便又缄口不语了。赵生终于迫不及待地轻轻捅了捅王生的膝盖。

"后来呢?"

"后来,我们一起说了话。"

"说完话后呢?"

"女人吹了玉箫给我听,曲子应该是落梅风。"

"仅此而已吗?"

"后来,我们又说了话。"

"后来呢?"

"后来我突然醒了。醒来一看,发现和刚才一样,我还睡在船上。只见船舱外皓月当空,江水浩淼。当时的寂寞心境,即便告诉人,天下也没有一个人能够理解。

从那以后,我心中一直惦记着那个女人。于是,回到金陵后,不可思议的是,每晚只要一睡着,必定梦见那户人家。而且,前天晚上,我把水晶双鱼扇坠送给了女人,女人则将紫金碧钿的戒指脱下来递给我。这时,我醒过来,发现扇坠不见了,却不知什么时候,我的枕头边放着这只戒指。这么看来,和女人相见一事也并非全是在做梦。可是,如果不是梦,那又是什么呢?我也不知如何作答。

如果假设那是一场梦吧,可我除了在梦中,还不曾见过那家的千金小姐。不,我连是否真有个千金小姐也并不清楚。不过,即便那姑娘并不存在于这个世界，也很难想象我想念她的心会发生变化。我想我将用一生的时间，怀念那个与水池、葡萄架、绿色鹦鹉一起出现在我梦中的姑娘。我要说的就是这些。"

"确实，不是一般的才子偷情故事。"

赵生不无怜悯地看了一眼王生的脸。

"那么，从那以后，你再也没去过那家吗？"

"嗯。一次也没去过。不过，再过十天又要去松江了。途经渭塘时，我打算把船再次停靠一下那户挂着酒旗的人家。"

那以后又过了十天左右，王生按照惯例，备好船只前往下游的松江。当他回来时，赵生等诸多朋友看见那个和他一起乘船的少女的美，不禁惊讶不已。据说少女在房间的窗边养着绿色的鹦鹉，她也在去年秋天从帷幕后面偷看过王生后，便不断地梦见王生。

"真是不可思议，总之，据说少女的枕头边，不知什么时候也出现了一个水晶双鱼扇坠……"

就这样，赵生逢人便讲王生的故事。最后，故事传到钱塘文人瞿佑那里，瞿佑立即据此写了美丽的渭塘奇遇记……

* * *

小说家　怎么样？按这种写法。

编　辑　浪漫之处看来挺不错，我就要了这篇小品吧。

小说家　请等等，后面还有一点儿。对了，写了美丽的渭塘奇遇记——到这里吧。

* * *

但是，钱塘的瞿佑自不用说，就连赵生等朋友们也不知道，当搭乘着王生夫妇的船离开渭塘的酒家时，他和少女之间的如下对话：

"戏终于顺利地演完了。当我对令尊大人说我每天梦见你这种带有小说色彩的谎言时，不知多么提心吊胆。"

"我也担心了。您对金陵的朋友也撒了谎吧？"

"啊，也撒了谎，开始我什么都没说，但偶然被朋友发现了这只戒指，不得已才把对令尊大人说的做梦之事说了。"

"那么，还没有任何人知道事情的真相吧。就是去年秋天您悄悄溜进我房间的那件事……"

"我知道，我知道！"

两人大吃一惊，同时朝声音的方向望去，并立即笑了起来。吊在桅杆上的雕花笼子里，绿色的鹦鹉正机灵地俯瞰着王生和少女……

* * *

编　辑　这是画蛇添足。这不是破坏了好不容易激发出来的读者的兴趣吗？这篇小品如果在杂志上发表，无论如何要删掉这最后一段。

小说家　这还不是最后结尾，后面还有一点，请再忍耐一下听完吧。

* * *

但是,钱塘的瞿佑自不用说,就连沉浸在幸福中的王生夫妇也不知道,当船驶离渭塘时,少女父母的如下对话。父母两人都手搭凉棚,在水边的柳树、槐树荫下,目送着小船远去。

"老太婆!"

"老爷子!"

"戏算是顺利地演完了,真是可喜可贺。"

"的确,实在没有比这更值得庆贺的喜事了。只是我听着女儿和女婿的勉为其难的谎言,实在辛苦啊。老爷子让我沉默,装作什么都不知道,我才假装若无其事。其实,事到如今,不用那么撒谎也很快能在一起……"

"哎呀,别啰嗦了!女儿和女婿觉得难为情,才绞尽脑汁编出谎言。而且,如果站在女婿的立场上,他也许觉得如果不那么说,我们不会轻易地把独生女嫁给他吧。老太婆,你这是怎么了?在这么喜庆的婚礼上哭个不停,这不是对不住人吗?"

"老头子,你自己不也在哭,还……"

* * *

小说家 再有五六页就结束了,把剩下的几页顺便也读了吧?

编　辑 不,下面的不用了。请把原稿让我看一下。看来如果对你保持沉默,作品会越来越糟糕。我觉得刚才中途结束了更好——总之，这个小品我要了，你先有个思想准备吧。

小说家 从那里就删掉可不行……

编　辑 哎呀，您再不抓紧时间，就赶不上五点的快车了。您就别担心稿子的事了，快叫辆车吧。

小说家 是吗？那得抓紧了。那么，再见了，请多关照。

编　辑 再见！一路顺风！

大正十年（1921）三月

尾 生 之 信[1]

这灵魂历经无数轮回,又不得不转生于世,那就是寄宿于我的灵魂。

---

[1] 取材于中国成语故事"尾生抱柱,至死方休",《史记》《庄子》《战国策》等典籍均见相关记载。

尾生伫立在桥下，从刚才开始，就一直等待着女人的到来。

抬头看去，高高的石桥栏杆上，蔓草已爬了一半。不时由此通过的过往行人的白衣下摆，在鲜艳的夕阳的映照下，随风悠然飘动。可是，女人还没有来。

尾生一边轻轻地吹着口哨，一边随意远眺桥下的沙洲。

桥下的黄泥沙洲只剩下二坪[1]左右的面积，便与河水相连了。水边的芦苇丛也许是螃蟹的栖身之处，有好几个圆孔每当波浪拍岸时，便听到轻微的吧嗒吧嗒声。可是，女人还没有来。

尾生期盼着，移步到水边，环视没有一条船驶过的平静的河面。

河面上，青色的芦苇长得密不透风。不仅如此，芦苇丛中随处是一团团茂密的细柱柳。所以，其间的水面看上去也没有实际上宽阔。只是，如一条带子般清澄的河水，只将一处云母般的云影镀上金色，静悄悄地蜿蜒于芦苇丛中。可是，女人还没有来。

---

[1] 1 坪等于 3.3 平方米。

尾生从水边走开，一边在不太宽阔的沙洲上走来走去，一边在暮色渐浓中，侧耳倾听四下里的动静。

桥上似乎暂时没了行人的踪迹，已听不到那里的脚步声、马蹄声抑或车子的声音，只有风声、芦苇声、水声——还有不知何处传来的苍鹭的尖叫声。这时，他停下脚步，发现不知什么时候已经开始涨潮了。与刚才相比，黄泥色的河水，已在眼前闪耀。可是，女人还没有来。

尾生眉头紧锁，在桥下昏暗的沙洲上愈发快步行走起来。不久，河水一寸寸、一尺尺地漫上沙洲。与此同时，水草的气息和水的气息也弥漫于河面，冷冰冰地侵袭着他的肌肤。抬头望去，桥上鲜艳的夕阳余晖已经消失，只剩下石栏杆黑黑的剪影，清晰地印刻在淡青色的天空中。可是，女人还没有来。

尾生终于惊呆了。

河水濡湿了鞋子，还带着比钢铁还要冰冷的光泽，在桥下泛滥了。那么，膝盖、腹部、胸部恐怕都将在顷刻之间被这冷酷无情的潮水淹没。不，这期间水位已经越涨越高，现在连两只小腿也终于浸没在水波中了。可是，女人还没有来。

尾生就这么站在水中，凭借着一缕希望，无数次地向桥上望去。

淹至腹部的水面上早已暮色苍茫。透过朦胧的雾霭，远近茂盛的芦苇和柳树也只送来寂寞的叶子摩擦的声响。这时，好像一条鲈鱼擦着尾生的鼻尖，敏捷地翻转着白肚皮。那条鱼跃起的空中，已经可见稀疏的星光。连蔓草攀生的桥栏杆的形状，也已经迅速地隐没到夜幕中了。可是，女人还没有来……

夜半，当月光洒满河面的芦苇和柳树时，河水与微风一边窃窃私语着，一边把桥下尾生的尸体温柔地运往大海那边。不过，尾生的灵魂也许憧憬着天空寂寞的月光，悄然地离开尸体，向着微明的高空朗朗升起，宛如水的气息和水草的气息从河面悄然升腾般……

此后历经数千年，这灵魂历经无数轮回，又不得不转生于世，那就是寄宿于我的灵魂。因此，虽然我生于现代，却一事无成，昼夜过着漫然沉浸于梦幻中的生活，只是等待着必将到来的什么不可思议之物。正如那个尾生在黄昏的桥下，一直等待着永远不会到来的恋人一样。

大正八年（1919）十二月

单相思

大约相隔十年,再次和恋人相遇。
由于对方是图像,所以没有变化吧,而这边的阿德已经变成福龙。
这么想来,觉得挺可怜的。

（某夏日的下午，在京浜电车上遇见一位同期大学毕业的好友，从他那里听到如下的故事。）

这是最近因公务去Y[1]时的事。对方举办宴会邀请过我。Y那边都是壁龛挂着石版印刷的乃木大将[2]的画像，画像前供着人造牡丹的插花。傍晚开始下起雨来，人数也比较少，因此感觉比想象的要好。而且，二楼好像也有一帮人在开宴会，幸好他们也不随当地风俗，并不喧闹。可是，你知道吗？在陪酒的人中……

你也知道吧，在我们过去常去喝酒的U店的女招待中，有一个名叫阿德的，就是那个塌鼻梁、窄额头、在女招待中最淘气的那个家伙，你知道吗？那家伙也在里面，穿着艺妓的盛装，拿着酒壶，和别的艺妓一样，摆出一副风雅的样子。最初我也以为

---

[1] 指横滨（YOKOHAMA），其罗马字的第一个字母是Y。
[2] 乃木希典（1849—1912），日本陆军大将，日本对外侵略扩张政策的忠实推行者。1912年明治天皇病逝后，同其妻剖腹自杀，成为武士道精神的典型代表。

认错人了，可是到跟前时仔细一看，果真是阿德。就连一说话便扬下巴的习惯也和从前一样。我确实感到了人生无常。尽管那样，你知道吗？那可不正是志村单相思的对象吗？

志村那家伙当时是真格的，每次去青木堂[1]总要买上一小瓶薄荷酒，对她说"很甜的，喝喝看"。酒固然甜，志村也太天真了。

那个阿德现在在这种地方工作。如果在芝加哥的志村听说了，心里会怎样想呢？想到这里，我想和她打个招呼，但还是作罢了。她也说了她叫阿德，以前在日本桥待过之类的话。

于是，对方主动和我打招呼，说什么"好久不见了，我在U时见过您之后就再也没见过了，您一点儿都没变"。阿德那家伙，来时就已经喝醉了。

不过，再怎么醉，因为很久没见，又有志村这层关系，所以说了很多吧。于是，你知道吗？其他人瞎猜我们之间的关系，开始起哄。总之，主人带头说如果不逐一坦白就不让离席，实在难对付。于是，我便讲了志村买薄荷酒的事，"这就是让我朋友碰钉子的女人"。虽然有点荒唐，但还是那么说了。主人年龄相当大了，我一开始就有被叔叔领着上酒楼的感觉。

因为提到碰钉子的事，人们哄堂大笑，甚至连其他艺妓也一

---

[1] 当时的一家西餐厅。

起戏弄阿德那家伙。

可是阿德,也就是福龙那家伙不答应。叫她福龙更合适吧,在《八犬传》[1]有关龙的解说中有"优乐自在,故取名为福龙"之说。可是,这个福龙却非常优乐不自在,所以很可笑。当然,这是多余的话。"不答应"这个说法是极符合逻辑的。

她说:"就算志村喜欢我,我也没有义务非要喜欢他。"

而且,她还说:"即便没那么回事,我自己早就有过更好的时光。"

据说那就是所谓单相思的可悲。最后,也许想举个例子吧,阿德那家伙开始讲她奇妙的恋爱经历。我想告诉你的就是那个恋爱经历。反正恋爱故事,没什么意思。

那非常不可思议,听人说梦和恋爱故事是最无聊的了。

(于是,我说:"那是因为除了当事人,别人感受不到趣味。""那么,在小说创作中,梦和恋爱也很难写吧。""至少,因为梦属于感觉性的东西,似乎更是如此。小说中出现的梦,几乎没有一个像真正的梦。""可是,不是有很多优秀的恋爱小说吗?""正因为如此,也可以想象出无法留传后世的拙作的数量。")

能这么理解,我也备受鼓舞。反正这也是拙作中的拙作。总

---

[1] 日本江户时代曲亭马琴创作的长篇小说《南总里见八犬传》,简称《八犬传》,是作者立志要写出中国《水浒传》那样的作品而创作的小说。

之,如果模仿阿德的口吻,"啊,就像我那单相思故事啊。"你就以这种心态听吧。

阿德喜欢的男人是个演员。据说两人是在那家伙还在浅草田原町的父母家时在公园里一见钟情的。这么说来,你也许会认为那是宫户剧团或常盘剧团跑龙套的演员吧。实际上并非如此。认为他是日本人就错了。是个外国演员,说是演反派滑稽角色的,所以让人觉得好笑。

可是,阿德却连那男人的名字都不知道,也不知道他的住址。不仅如此,甚至连国籍都不知道。有妻室还是单身——问这种问题本身就很俗气。很可笑吧。即便是单相思,也太愚蠢了。我们常去若竹[1]那阵子,即便不明白说唱的故事,但至少知道对方是日本人,艺名叫升菊。我这么取笑她,阿德那家伙生气地说:"我也想知道啊,但没办法知道,所以无可奈何。总之,只能在银幕上见到。"

在银幕上见到,这很奇妙啊。如果说帷幔[2]内还可以理解。于是,仔细追问之下,才知道那恋人是电影里的西洋曾我之家[3]。这令我也感到惊讶不已,确实是银幕上啊。

---

[1] 即若竹亭,曲艺场名。
[2] 指传统戏剧舞台的幕布。
[3] 1904年建成的日本最早的喜剧团,此处指喜剧演员。

其他人似乎都认为这是个无聊的笑话,其中甚至有人说:"嗨,你戏弄我们!"那里是港口,所以民风粗野。可是,看上去阿德并不像是在撒谎,尽管她早已睡眼蒙眬。

"就是每天想去,也没有那么多零花钱啊。所以,我好不容易一周才去看一次。"这没问题,接下来就有点离奇了。"有一次,求我妈才看到,可是场内满员了,只能挤在旁边的角落。好不容易那人的脸出现在银幕上,却是扁的。我伤心极了。"她用围裙遮住脸,说她当时哭了。那是因为恋人的脸在银幕上看上去是扁的,确实让人伤心,我也表示同情。

"总共看了大约十二三次那人扮演的不同角色。那是一个长脸、消瘦、留胡须的人。基本上都穿黑色,像你穿的这种衣服。"我穿的是昼礼服。刚才有过教训,因此我抢占先机问道:"像我吗?"她一本正经地说:"是个更帅的男人。""更帅的男人"这种说法太苛刻了吧。

"总之,只能在银幕上相见吧。如果对方是个活人,还可以搭话,或以眼传神。可是,即便那么做,图像可不行。"而且,还是电影。即便时刻放在心上,也不行。"有相思之说,但可以让不思念你的人变成思念你的人吧。就说志村,他常给我带来薄荷酒。可是,我连让他思念都不可能。实在太不幸了。"说得都有理,这家伙有点可笑,却也让人感动。

"后来当艺妓后,还经常带客人去看电影,但不知为什么,那人突然不在电影里出现了。无论什么时候去看,都是'名金'[1]'吉格玛'[2]之类我不爱看的电影。最后,我也彻底死心了,认为缘分已尽,可是……"

其他人都不再听了,阿德抓住我一个人讲着,而且是半带着哭腔。

"可是,来到这里,当我第一次去看电影的那天晚上,相隔很多年后,那人又出现在电影里了。好像是西方的什么小城吧。地上这么铺着石板,正中间有一棵树,像是梧桐。两边都是西式建筑。只是可能因为影片太老的缘故,整个画面像黄昏般发黄,显得有点朦胧。房子和树都奇妙地抖动着。那是一副孤寂的景象。这时,那人牵着一条小狗,吸着烟出现了。仍然身穿黑色服装、挂着手杖,和我小时候见到的完全一样……"

大约相隔十年,再次和恋人相遇。由于对方是图像,所以没有变化吧,而这边的阿德已经变成福龙。这么想来,觉得挺可怜的。

"接着,他在那棵树旁站着,面朝着这边,一边摘着帽子笑了。看上去不是在和我打招呼吗?如果知道他的名字,我真想喊……"

---

[1] 原名 *The Broken Coin*,美国电影,1914 年制作。
[2] 原名 *Zigomar*,法国电影,1911 年制作。

你喊吧！人们会以为你是疯子。即便是Y，也还没有迷上电影演员的艺妓吧。"这时，一小个子外国女人从对面走来缠住他。据解说员讲解，那是他的情妇。年纪很大了，却还在帽子上插着一根长长的羽毛，实在令人作呕。"

阿德嫉妒了，而且是嫉妒图像。

（说到这里，电车已驶到品川。我要在新桥下车，友人是知道的，所以像担心说不完似的，不时地望着车窗外边，用略显慌张的语气继续说着。）

据说后来电影还演了许多内容，最后到那男人被警察抓住的地方结束。那男人做了什么被警察抓住，阿德说得很详细，但我现在怎么也想不起来了。

"很多警察围过来把他捆了起来。不，当时已经不是刚才的那条马路了。大概是西方的什么小酒馆吧。摆着很多酒瓶，角落处挂着一只大大的鹦鹉笼子。看上去好像是晚上，到处都是一片蓝色。在那一片蓝色中，我看到了那人快要哭的脸。如果你看到，肯定也会伤心的。眼里噙着泪水，嘴巴半张着……"

这时，哨子响了，画面消失了，只剩下白色的银幕。阿德这家伙说，"一切都消失了。像泡影般消失了？反正一切都是这样"。

听到这里，好像是彻悟的样子，可阿德是又哭又笑着，用挖苦人的口吻说的。那家伙弄不好是歇斯底里啊。

可是，即便歇斯底里，也不乏认真之处。也许喜欢电影演员是她编的，实际上也许是对我们这帮人中的什么人单相思。

这时，两人乘坐的电车到达黄昏时分的新桥车站了。

大正六年（1917）九月

袈裟与盛远

自己总是盼望月亮出来,可唯独今天,有点害怕月色。

上

夜晚，盛远在瓦顶板心泥墙外，一边眺望月亮，一边踏着落叶，陷入了沉思。

独白

月亮已经出来了。自己总是盼望月亮出来，可唯独今天，有点害怕月色。此前的我将于一夜之间消失，明天开始将成为杀人犯。一想到这里，即便这么待着，浑身也会颤抖起来。可以想象一下这双手被血染红时的样子，对自己而言，那时的自己看上去将成为怎样令人诅咒的人啊。如果杀一个自己恨之入骨的对象，就用不着如此于心不安，但今夜自己必须杀掉一个自己并不恨的男人。

自己早就认识那个男人。渡左卫门尉这个名字，倒是因为这次的事才知道的。作为男人，他过于温柔，皮肤白净，不知是什么时候见到他的。当得知那就是袈裟的丈夫时，自己确实一度感到了嫉妒。但是，那种嫉妒现在并未在我心上留下任何痕迹，已经消失得无影无踪了。所以对自己而言，虽然渡是情敌，但自己并不憎恨他。不，倒可以说，我有点同情那男人。渡为获得袈裟的芳心，不知费了多少心思。听衣川说这话时，自己甚至觉得那男人挺可爱的。渡一心想娶袈裟为妻，不是还专门学了和歌吗？想象一本正经的武士创作的恋爱诗，自己的嘴角不觉露出了微笑。但那绝不是嘲讽的微笑，自己觉得如此讨好女人的那个男人实在可爱。或是对自己所爱的女人如此谄媚，那男人的热情给身为情夫的自己带来某种满足感吧。

　　但是，我有这么爱袈裟吗？自己和袈裟之间的恋爱分为现在和过去两个时期。在袈裟未嫁给渡以前，自己就已爱上她了，或自认为爱着她。可是，现在想来，自己当时内心也有不少不纯粹的东西。自己追求袈裟什么？当自己还是童男子时，显然追求袈裟的身体。如果允许些许的夸张，自己对袈裟的爱，实际上不过是将这种欲望进行了美化的伤感心理。证据是与袈裟断绝交往的其后三年间，自己确实对她没有忘怀。但如果此前自己已经知晓其身体，还会思念不已吗？尽管感到羞耻，自己还是没有勇气做肯定的回答。此后自己对袈裟的留恋中，掺杂着相当成分的对那女人未知肉体的难舍之情。于是，心情闷闷不乐，终于发展成现在既令自己感到害怕，又令自己期待的关系。那么，现在呢？自己再次问自己,自己果真爱袈裟吗?

可是,在做出回答前,尽管不情愿,自己还得回忆一遍事情的来龙去脉。在渡边桥做供养[1]时,与阔别三年的袈裟偶然相遇。在此后的大约半年间,为了制造和那女人幽会的机会,尝试了一切手段,并且终于成功了。不,不仅成功了,那时梦想成真,得以知晓袈裟的身体。可是,当时支配自己的,不仅仅是前面说的,出于对那女人未知肉体的难舍之情。在衣川家,与袈裟一起坐在榻榻米上时,已经发觉这种恋慕之情不知何时已经淡薄了。当时,自己已非童男子这一事实也有助于弱化自己的欲望吧,但主要原因还是那女人姿色已衰的缘故。事实上,现在的袈裟已非三年前的袈裟了。肌肤失去了光泽,眼睛周围是淡淡的黑晕。原先丰润的脸颊和下巴也奇迹般地消失了。要说唯一没变的,也许是那双炯炯有神的水汪汪的大眼睛吧。这一变化对自己的欲望而言,确实是可怕的打击。相隔三年,当自己第一次面对那女人时,强烈的冲击令自己不禁移开视线,那情景至今仍然记忆犹新……

那么,自己已不再那么留恋她了,可为什么和她有关系了呢?首先是一种奇妙的征服心理。袈裟面对着我,把她对丈夫渡的爱情故意夸大其词地说给我听。而且,那只让自己感到某种虚

---

[1] 此处指建新桥时所作的佛教法事。

张声势。"这女人对自己的丈夫有种虚荣心。"我这么想道。"也许这也是不想让我怜悯她的一种反抗心理的表现。"我还这么考虑。与此同时,希望揭穿这谎言的想法时刻都在强烈地鼓动着自己。只是,如果说何以见得那是谎言,如果说那是出于自负,我根本没有辩解的理由。尽管如此,自己还是相信那是谎言,至今仍然深信不疑。

不过,当时支配自己的并不完全是这种征服欲。此外——自己只是这么说说,就已感到脸红。此外,自己只是被情欲所驱使。不是对那女人未知肉体的留恋,而是更卑劣的,不一定非其不可的,仅为欲望的欲望。恐怕连买傀儡女[1]的男人都没有当时的自己那么卑劣。

总之,由于诸如此类的动机,我终于和袈裟有了关系。更确切地说,是侮辱了袈裟。而且现在,回到自己最初提出的问题——不,自己爱不爱袈裟这个问题,即便对自己,事到如今已无须再问。倒不如说,自己有时甚至觉得那女人可恨。特别是事后,她趴在那里哭,我硬把她抱起来时,觉得她比不知廉耻的自己还不知廉耻。无论是蓬乱的头发,还是汗津津的妆容,无不展示着那女人丑陋的身心。如果自己以前还爱着那女人,那么从那天起,爱永远地消失了。或者不妨说,如果以前自己不爱那女

---

[1] 旧时表演傀儡的女性漂泊艺人也兼卖春,所以后世把娼妓等也称作傀儡女。

人，那么从那天起，自己心里生出了新的憎恨。并且，啊，今晚，自己不正是将为一个自己不爱的女人，杀一个自己不恨的男人嘛！

而且，这完全不是他人之过，是自己公然说的。"杀了渡吧"——想起自己当时贴着那女人的耳朵细语时的情景，连自己都怀疑自己当时是否疯了。但是，自己确实是那么说的。尽管竭力忍耐，心想千万别说，可还是小声地说了出来。现在回想起来，都觉得莫名其妙。可是，仔细想来，那就是自己越瞧不起她、越恨她，就越想凌辱她。为此唯有杀了渡左卫门尉——袈裟炫耀其爱的丈夫，而且不管她愿不愿意，都要逼她同意，才称我心。于是，仿佛被噩梦魇住似的，违心地力劝她杀人吧。即便那样，如果说自己杀渡的动机还是不充分，就只剩下不为人知的力量（可以说是天魔波旬）诱使我自己走入邪道以外，别无解释了。总之，自己颇为执着，多次在她的耳边嘀咕这件事。

于是，过了一会儿，袈裟猛地抬起头来，坦率地回答说同意自己的计划。可自己对这爽快的回答不仅感到意外，还看到其眼中闪烁着迄今从未见过的不可思议的亮光。奸妇——我立即萌生出这样的念头。与此同时，某种失落感突然向自己展现出这计划的可怕。在此期间，自不必说那女人令人作呕的放荡、枯萎的容貌不断折磨着自己。如果可以，当时我真想当场收回这个约定。尔后，把那女人推到最耻辱的深渊中。那样一来，即便自己玩弄了那女人,也许自己的良心还可以拿义愤做挡箭牌,但自己无论如何无法游刃有余。那女人仿佛看穿了自己的心思,忽然表情一变,紧盯着自己的眼睛时——老实坦白,自己不得不和她约好杀渡的日子和时辰,因为害怕万一自己反悔,她会报复自己。事至如今,这种恐惧仍然死死地揪着自己的心。笑我胆小的家伙随便笑吧,那是因为那人没看到当时的袈裟。"如果自己不杀渡,即便她本人不动手,我也肯定会被她杀死吧。与其那样,不如自己杀了渡。"——看着那女人干哭的眼睛,我这么绝望地想着。而且,自己发誓后,看到她苍白的脸上现出单边酒窝,一边垂眼微笑时,更证实了自己的恐惧是有道理的。

啊,为了那令人诅咒的约定,自己将在肮脏至极的心灵上,现在又要加上杀人的罪名。如果赶在今晚毁约——这也是自己无法忍受的。一方面,自己发过誓,而另一方面,自己说过怕报复。这绝非撒谎。但好像还有点什么,那究竟是什么呢?逼自己这样的胆小鬼杀一个无辜的男人,那巨大的力量是什么?自己不明白。虽然不明白,也许——不,没那回事,自己瞧不起她,怕她,恨她。但是,即使如此,也许自己还爱着她吧。

盛远继续徘徊着,再次默不作声了。月光普照,不知从何处传来唱今样[1]的声音。

---

[1] 平安时代后期流行的当世风格的歌谣。

人心啊，就像那无明的黑暗；

化作无尽的烦恼之火，惟我命啊，总会逝去。

下

夜里，袈裟在帐子外，背着灯光，咬着袖子陷入了沉思。

独白

那人会来吗？还是不会来？想必不至于不来吧？可是月亮都快西斜了，还没听见脚步声，也许突然反悔了吧。万一不来，啊，我又得像傀儡女般，抬起这张羞愧的脸面对天日。我怎么做得出这种无耻、不正经的事？那时，我将与路边的弃尸毫无二致。被侮辱、被践踏蹂躏，最终这耻辱被曝光。即便如此，还必须像哑巴一样保持沉默。万一真是这样，即使想死也死不了。不，那人肯定会来。上次分手时，看那人的眼睛时，我不由得这么想。那人怕我。尽管恨我、蔑视我，但是还怕我。的确，仅凭我自己，那人未必肯来吧，可我依靠他，依靠那人的自私心理。不，依靠自私心理引发的卑劣的恐惧。所以，我才这么说，那人肯定会悄悄地来……

但是，单凭自己已经办不到了，我是个多么悲惨的人啊。三年前的我凭借着自己，还凭借着自己的美貌。说是三年前，也许说到那天为止更接近事实。那天，在伯母家的一间屋里见他时，我一眼就知道了印刻在他心上的自己的丑陋。那人装作若无其事的样子，像是在怂恿我，对我语气温柔。可是，女人一旦得知自己的丑陋，几句话怎能安慰她的心。我只是感到懊悔，感到可怕，感到伤心。小时候，奶妈抱我看月食时的可怕感觉，比那时的心情不知要强多少。我怀抱的种种梦想顿时烟消云散。仅剩下雨天黎明时分的孤寂包围着我，我在这孤寂中颤抖，终于将这死尸般的身体委身于那个人，委身于那个我不爱的、那个恨我、瞧不起我的好色之徒——难道我无法忍受显示出自己丑陋的那份孤寂？于是，想用把脸贴在那人胸前的那一瞬间的炽热欺骗一切吗？若非如此，我也只是和他一样，被肮脏的心念所驱使吧？这么想想，我都觉得可耻、可耻、可耻。特别是离开那人的臂弯，又恢复自由之身时，我觉得自己多么可耻啊！

我因为气愤和孤独，无论怎样告诉自己不哭，眼泪还是止不住地流出来。不过，这不仅是对失贞感到悲伤，还被蔑视，正如癞皮狗般，被人憎恶着受到折磨，这比什么都痛苦。后来，我干什么了？现在想来，就像久远前的记忆般朦胧。只记得在我抽泣时，那人嘴上面的胡子碰到我的耳朵，随着一股炽热的呼吸，听到他轻声对我说："杀了渡吧。"一听到这话，我至今都觉得不可思议，自己的心情变得生机勃勃起来。生机勃勃？如果说月光明亮,那也是生机勃勃的心境吧。可那是一种不同的生机勃勃的心境。但是,我还是从这可怕的话语中获得了安慰吧?啊,所谓女人,即便杀死自己的丈夫,也还是觉得被人爱着才高兴吗?

我以这月光般孤寂、生机勃勃的心境,又继续哭了一阵子。然后呢?然后呢?我是什么时候约好带他杀丈夫的?但是,在约好的同时,我终于想起了丈夫,真是终于想起了。在那之前,我心里只想着我自己被羞辱的事,然而这时,丈夫,那个腼腆的丈夫——不,不是丈夫,而是对我说话时微笑的丈夫的脸,清晰地浮现在眼前。我的计划,也是那一刹那间涌上心头的吧。要说为什么?因为当时我已决心要死。而且,为能下此决心感到高兴。但是,当我停止哭泣,抬脸看他时,便又像刚才那样,当发现映在他心上的自己的丑陋时,我觉得我的喜悦之情顿时化为乌有了。于是,我又想起和奶妈一起看到的月食的暗黑,仿佛将隐藏在喜悦下的形形色色的怨魂全都一下子放了出来似的。我要做丈夫的替身,这难道真是因为爱着丈夫的缘故吗?不,不,在这动听的借口后面,是我想对自己委身那人的罪过进行赎罪的心理。我没有自杀的勇气。我还有一个卑劣的想法,希望自己的形象在世人眼里略微好一点,也希望获得宽恕。我比这还要卑鄙,也更加丑陋。以代替丈夫的名义,我不是要对他的憎恶、轻蔑之情,还有玩弄我的邪恶情欲报仇吗?其证据是,看着那人的面孔,那月光般不可思议的勃勃生机也消失了,惟有悲伤忽然冻住了我的心。我不是为丈夫死,而是为自己死。我是因为心灵受到伤害而感到懊悔,身体受到玷污而怨恨,因为这两个原因而想死。啊,我不仅活得毫无意义,连死的意义也没有。

但是,这毫无意义的死法也比活着要好多了。我忍着悲伤,强颜欢笑,与他再三约好了杀死丈夫。那人很敏感,从我的一番话中大致可以推测出,万一不能守约时,我会做出什么事来。这么看来,发过誓的那个人,肯定会悄悄地来。——那是风声吗?想到自那天以来的痛苦,今夜总算熬到头了,心情总算放松下来了。明天,太阳会在我的无头尸体上洒下一抹寒光吧。看到尸体,丈夫——不,不想丈夫,丈夫爱着我,可我对这份爱无能为力。一直以来,我只爱着一个男人。而这唯一的男人今夜要来杀我。这灯台的光于我——这个备受恋人摧残的我也过于奢华了。

袈裟吹灭了灯台的火。不一会儿,黑暗中隐约传来开板窗的声音。与此同时,淡淡的月光照了进来。

大正七年(1918)三月

开化[1]的杀人

我在临终之际,将告白过去三年来时时萦绕在我心底、该当诅咒的秘密,以向卿等暴露我的丑恶心地。

---

[1] 文明开化的略称,特指日本明治初年急进的西化现象,此处可理解为开化时代。以下不再赘述。

下文刊载的是我最近向本多子爵（假名）借阅的、已故北田义一郎（假名）医生的遗书。即便说出北田医生的真名，如今已无人知晓。我自己也是因为受到本多子爵的教诲，听闻了明治初期的逸事琐谈，才有机会听到医生的名字。其人物品行通过下面的遗书，再加上我听到的一些传闻，说医生是当时著名的内科专家，同时也是一位戏剧通，在戏剧改良方面也有某些激进的见解。实际上在戏剧方面，医生竟然还有自己创作的剧本，据说是一部二幕喜剧，将伏尔泰的 Candide[1] 的一部分编排成了德川时代的故事。

看北庭筑波[2]拍摄的照片，北田医生蓄着英式须髯，是个相貌魁伟的绅士。听本多子爵说，其体格也超过西方人，从少年时代开始，他就以精力旺盛而广为人知。这么说来，遗书的文字也

---

[1] 伏尔泰（1694—1778），法国启蒙思想家、文学家、哲学家。Candide(赣第德）是"老实人"之意，是伏尔泰的哲理小说，也是小说中的人物。
[2] 北庭筑波（1841—1887），日本明治初期的摄影师，摄影界的先驱人物。

是郑板桥[1]式的狂放的文字，从其淋漓的墨迹中也可看出其风貌。

当然，我在公开这份遗书时，也做过诸多删改。例如，当时还无授爵制度，我却借用了后来的称谓，使用了本多子爵及夫人等名字。只是文章的风格，可以说几乎维持了原文的模样。

本多子爵阁下并夫人：

我在临终之际，将告白过去三年来时时萦绕在我心底、该当诅咒的秘密，以向卿等暴露我的丑恶心地。卿等读过这封遗书后，若仍对卿等的这个故人记于心中，并怀有一丝怜悯之情，于我自然是喜出望外之大幸。可是，如果将我视为该死的狂徒，当鞭尸而后快，我亦毫无遗憾。只是，切勿因我所告白的事实太过意外，便诬我为神经病患者。虽说最近数月以来，我一直苦于失眠症。但我的意识清晰，且极为敏锐。请卿等稍稍回忆与我二十年来的相识（我不敢斗胆称朋友），请勿怀疑我的精神健康。然而，正如披露我一生之污辱的这封遗书，最终只是能成为无用的废纸。

阁下并夫人，我过去犯杀人罪，同时将来也有可能犯同样的罪恶，是卑劣的危险人物。且这种犯罪是对卿等最为亲近的人物策划的，且还在继续策划，卿等想必会感到太过意外。我在此感

---

[1] 郑燮（1693—1766），号板桥，"扬州八怪"之一，清代具有代表性的文人画家。

到必须再度发出警告。我是完全清醒的，我的告白乃彻头彻尾的事实。希望有幸获得卿等的信任，勿将我人生的唯一纪念之此数页遗书当作虚妄的狂人呓语。

我已没有时间喋喋不休于我的健康。在仅存的短暂时间里，须尽快叙述驱使我杀人的动机或实行经过，进而言及我杀人后的奇怪心境，否则我将后悔不已。然而，呜呼！当呵砚临纸之际，仍感惶惶不安。对我而言，检讨并记载自己的过去，与重复过去的生活究竟有何不同？我将再次重温杀人计划，重复杀人行为，并再次经历最近一年来令人恐怖的苦闷。我果真堪忍否？而今，我向忘却数年的我主耶稣基督祈祷，愿主赐我力量。

我自少年时代爱上我的表妹，今本多子爵夫人（请允许以第三人称称呼），早年的甘露寺明子。追溯与明子相伴的幸福时光，恐怕卿等不忍卒读。然而，作为例证，我不得不叙述至今仍在我心底回荡的景象。当时，我是十六岁的少年，明子还是十岁的少女。五月某日，我们在明子家草坪的藤架下嬉戏。明子突然问我，可否单足长久站立？我回答不能。明子即将左手垂下，握住左脚的脚趾，右手举起保持平衡，单足站立了许久。头上的紫藤在春日的阳光下摇曳，藤下的明子如雕塑般凝然伫立。那几分钟内的如画景致至今仍无法忘怀。我暗自回想，惊奇地发现实际上在那藤架下，我已深深地爱上了她。从那以后，我对明子的恋爱越发热烈，无时无刻地思念她，几近荒废学业。然而，我是胆小之人，最终未能吐露衷肠。在阴晴不定的悲伤情绪中，我时而哭泣，时而欢笑，度过了茫茫数年的岁月。但在我二十一岁时，父亲突然命我赴英都伦敦学习家业的医学。诀别之际，我欲向明子告白。然严肃的家庭不会给我如此机会，且我深受儒式的教育，亦惧怕桑间濮上[1]之讥，惟抱着无限的离愁，负笈飘然去了英都。

留学英伦的三年间，每当我立于海德公园的草坪，便无限怀恋故国紫藤花下的明子。或漫步于蓓尔美尔[2]街头，便对天涯游子的自己充满怜悯，此处无需叙述。我只要叙述以下事项便足矣：我在伦敦时，沉浸于玫瑰色的梦想，想象着我们未来的结婚生活，借此略微排遣心中的郁闷。然而，我留英归来时，却获知明子已嫁人，成为第X银行行长满村恭平的妻子。我当即决心自杀。但生性的怯懦和留学期间皈依的基督教信仰却不幸麻痹了我的双手。卿等如果想知道我当时何等的伤心，请回想起我回国十日，欲再度赴英时招致的父亲的激怒。实际上，当时我的心境是没有明子的日本，似故国而非故国。坚信与其滞留在并非故国的故国，徒然度过精神失败者之生涯，莫如怀抱一卷《恰尔

---

[1] 桑间在濮水之上，属于古代卫国。古指淫靡风气盛行之地，后指男女幽会。
[2] 蓓尔美尔（Pall Mall）是伦敦街名。

德·哈洛尔德游记》[1]，成为远在万里的孤客，将遗骨埋于异域之土，可使精神获得慰藉。可是，我身边的情况终于令我抛弃了渡英计划。加之在父亲的医院里，我作为一名留洋归来的医生，终于坐上了为了众多患者而终日忙碌的无聊的椅子。

于是，我向上帝祈求失恋的慰藉。当时住在筑地的英籍传教士亨利·汤赞多氏成为我此时难忘的友人。我对明子的爱之所以在几番恶战苦斗后渐次变为热烈而平静的亲情，首先要归功于他为我讲解数章《圣经》的结果。记得我时常同亨利论及神，论及神的爱，更论及人类之爱后，半夜走在行人稀少的筑地居留地[2]独自回家时的情景，若卿等不嘲笑我的儿女情长，我可以叙说我曾仰望居留地空中的半轮明月，默默地向神祈祷表妹明子的幸福，伤感至极，嘘唏不已。

我的爱获得了新方向，可否应该用"断念"的心理加以说明呢？无可置疑的是，我虽无勇气和时间详细说明，却靠此亲情之爱，医治了我心灵的疮痍。归国以来，我但凡听到明子夫妻的消息，便如遇见蛇蝎般恐惧。现在赖此亲情之爱，我希望接近他们了。我轻率地相信，只要发现他们是幸福的夫妻，我将感到莫大

---

[1] 拜伦带有自传色彩的长篇叙事诗，是诗人两次游历欧洲大陆时的记录，主要歌颂了欧洲民族民主解放运动。
[2]1868年，日本政府在筑地设居留地，允许作为外国人居住地使用，1899年废止。

的安慰,以至于内心可以没有丝毫的苦闷。

这信念驱动的结果,我终于于明治十一年[1]八月三日两国桥畔放大焰火之际,经友人介绍,于柳桥万八之水楼[2]上,在十余校书[3]的陪伴下,终于与明子的丈夫满村恭平有了一夕之欢。何欢之有?何欢之有?我不由地感叹,说苦更贴切。我在日记中写道:"我念及明子怎会嫁给满村这样的淫棍为妻?我不知满肚子的怨愤向何处宣泄。神教诲我将明子视作妹妹。然而,我却把妹妹委于这般禽兽之手,这算什么?我已无法忍受神的这般残酷而奸谲的恶作剧。谁能让妻子、妹妹任由强人凌辱,却仍仰天称颂神?从今以后,我断然不再依靠神,而要靠自己的双手,将妹妹明子从这色鬼的手中救出来。"

我将写此遗书时,当时令人诅咒的光景不禁再次浮现在眼前。那苍然水霭和万盏灯火,还有那首尾相接、没有穷尽的画舫队列——呜呼!我将终生记得那夜仰望半空之中闪烁的焰火,也将记得右拥大妓、左随雏妓、高唱猥亵不堪的俚歌,傲然酣醉于凉棚上的肥猪般的满村恭平。不!不!我至今无法忘记其黑罗外套上的三团蘘荷图案。我坚信其实从观赏水楼烟花的那晚开始,

---

[1] 西历 1878 年。
[2] 柳桥附近的一家餐厅,主人名叫万屋八右卫门,故称万八楼。"水楼"指水边建筑。
[3] 艺妓的雅称。典出唐代名妓薛涛曾任校书郎的故事。

我便起了杀他之意。我还坚信我的杀人动机由生发之初，就绝不仅仅是嫉妒之情。毋宁说是因道德的激愤，欲惩治不义，祛除不正。

尔后，我潜心观察满村恭平的行状，检验他究竟是否确实是我那晚观察到的流氓。幸好我的熟人中有不止两三位新闻记者。其淫虐无道的行径不断进入我的视听范围。在此期间，我从前辈兼熟人成岛柳北[1]先生处闻言，他在西京祇园的妓楼梳拢了尚未怀春的雏妓，并致其死亡。而且这无赖丈夫对待素有温良贞淑之称的夫人明子如同奴婢一般，谁能不把他视作人间瘟疫！知道留他只会伤风败俗，除他则是扶老怜幼。我的杀意由此慢慢地变成了计划。

然而，若仅止于此，恐我杀人计划的实行还要经历诸多逡巡。不知是幸抑或不幸，命运在此危险之际，让我和我少年时代的友人本多子爵在某夜于墨上旗亭柏屋[2]相见，席间引出一段哀怨往事。我至此方知，本多子爵与明子早有婚约，却在满村恭平的黄金威压下，最终不得已而毁约。我愈发愤怒了。想起当时在那灯红酒绿、画楼帘里之隅，我与本多子爵推杯换盏，痛骂满村之时，我至今仍激动不已。同时，我至今仍然清晰地记得，当夜乘人力车由柏屋返回时，途中想起本多子爵与明子的旧约，感到

---

[1] 成岛柳北（1837—1884），汉诗人、随笔家，曾于明治五年出游欧美，后担任朝野新闻社社长。
[2] 墨上指东京隅田川中游东岸。旗亭指餐厅。柏屋是餐厅名。

一种无可名状的悲哀。请允许我再次引用日记："今夜，见本多子爵，决心十日内杀满村恭平。从子爵的语气，他与明子不仅订下婚约，似怀有真正相爱之心。（我今天才发现子爵独身生活的原因）若我杀了满村，子爵与明子结为伉俪则非难事。明子嫁给满村，碰巧尚未生子，天意也似助我的计划。杀了那人面兽心的巨绅，可令我亲爱的子爵和明子早晚过上幸福生活。念及于此，嘴角不禁浮现微笑。"

而今，我的杀人计划转而成为杀人行动。我经过反复周密的思考后，终于选定了杀害满村的适当场所和手段。至于具体场所和方法，无需详加叙述。卿等尚记得明治十二年六月十二日，德国皇孙殿下在新富座剧场[1]观看日本戏剧的那天晚上，那位满村恭平自该剧场返回宅邸途中，突发急病死于马车中之事吗？我只要说在新富座，有一位壮年医生说其面色不好，并劝其服用所持丸药即可疗愈。呜呼！请卿等想象那位医生的表情。在一盏盏红灯笼的映照下，伫立于新富座剧场的大门口，目送满村那在阴雨连绵中奔驰而去的马车，昨天的怨愤，今天的欢喜，都汇于胸中，笑声与呜咽声同时溢于唇边，几近忘却了当时的场所和时间。而且，当时的他又哭又笑，冒着潇潇细雨，踏着泥泞，归途中仿佛陷入了疯狂，请勿忘记他当时不停地嘟哝着明子的名字。

---

[1] 明治时期最著名的歌舞伎剧场。

"我终夜未眠，徘徊于书斋。是欢喜？还是悲哀？我不能明辨，唯有无法言喻的强烈的情感控制着我的全身，刹那间令我坐立不安。我桌上有香槟酒，有蔷薇花，还有那丸药盒。我仿佛与天使和恶魔左右相伴，开始了奇怪的飨宴……"

而后数月，我过着从未有过的幸福日子。满村的死因和我的想象完全一致，法医确认为脑溢血。即刻之间，就像在地下六尺的黑暗中，将腐肉当作虫蛆之食。既然如此，有谁会怀疑我是杀人犯？而且据传明子因其丈夫之死，终于有了红润的气色。我以满面的喜色诊察我的患者。闲暇时，喜欢和本多子爵到新富座看戏。这完全是因为感到一种不可思议的欲望，想在我获得最后胜利的光荣战场，时时眺望那瓦斯灯饰和挂毯。

然而，这真是仅仅持续了数月之间。在度过这数月幸福时光的同时，我慢慢地走向与我一生最可憎的诱惑进行搏斗的命运。这场搏斗何等惨烈，如何将我步步赶入死地，我到底没有在此叙说的勇气。不，就在书写这封遗书的现在，我仍在和这水蛇般的诱惑进行着殊死的搏斗。卿等若想看我烦闷的轨迹，请看下面抄录的我的日记。

"十月×日，听说明子以无子之故离开满村家。近日，我将与本多子爵一起看望她，这是相隔六年以来第一次见她。归国以来，我怕见她，开始为我自己而不忍，后来为她而不忍，遂荏苒至今。明子的明眸是否还像六年前那般明亮？"

"十月×日,我今日造访本多子爵,欲首次相伴前往明子家。然子爵已先与明子约见两三次。子爵疏远我,竟至如此之甚,令我甚觉不快。我托辞为患者诊察,匆匆辞别子爵家。恐怕在我离去后,子爵又单独造访了明子。"

"十一月×日,我与本多子爵一起造访明子。明子的姿色减去了几分,但不难看出伫立于紫藤花下的当年的那个少女形象。呜呼!我已见到明子,可我的心中,为何反而感到不可抑止的悲哀?我苦于不知其因。"

"十二月×日,子爵似决意与明子结婚。如此,我杀害明子丈夫的目的几近完成。然而——然而,我似乎将再次失去明子,我无法避免这异样的痛苦。"

"三月×日,据说子爵与明子的结婚仪式将于今年年末举办。我祈祷那天早日到来。在现今状态下,我将永远无法摆脱这无尽的痛苦。"

"六月十二日,我独自去新富座剧院。想到去年今月今日死于我手的牺牲者,我在观剧中亦不禁露出会心的微笑。然而,由剧院返家途中,我突然想起我的杀人动机,顿觉殆失归趣。呜呼!我为谁杀了满村恭平?是为本多子爵?为明子?还是为我自己?我亦不能回答这个问题。"

"七月×日,我今晚与子爵和明子乘马车观赏隅田川的放灯会。在马车窗射入的灯光下,明子的明眸愈发美丽,几乎令我忘了一旁子爵的存在。然而，这并非我想说明之处。我在马车上听说子爵胃疼，便用手在口袋里摸索，得丸药盒，且是'那种丸药'，我不禁一惊。我为什么今晚带此丸药？这是偶然吗？我切盼这是偶然，但未必是偶然。"

"八月X日，我和子爵、明子在我家共进晚餐，且我始终不能忘怀我口袋中的那盒丸药。似乎在我心中隐藏着我自己也无法理解的怪物。"

"十一月X日，子爵终于与明子举办了结婚仪式。我对我自己感到难以名状的愤怒。那愤怒恰似一度遁走的士兵对自己的怯懦行为感到羞耻般。"

"十二月X日，我应子爵之邀，赴其病床前诊察。明子也在一旁，说夜来高烧不止。我诊察后，告知不过患了感冒，随即回家亲为配药。其间约二小时，'那种丸药'始终持续着令人恐惧的诱惑。"

"十二月X日，我昨夜做了杀害子爵的恶梦。终日难排心中的不快。"

"二月X日，呜呼！我现在才明白，我为了不杀害子爵，就必须杀害我自己，可是明子怎么办？"

子爵阁下并夫人，以上是我日记的大概内容。虽是大概内容，卿等必可了解我日复一日的苦闷。我为了不杀害本多子爵，就必须杀害我自己。然而，如果我为了救我自己而杀本多子爵，我到哪里寻找我杀满村恭平的理由？如果将毒死他的理由看作是潜藏于我尚不自觉的利己主义，我的人格、我的良心、我的道德、我的原则将消失殆尽。这是我不堪忍受之处。我宁可杀了我自己，我坚信这远胜于我精神的崩溃。所以，我为树立我的人格，今晚将用"那种丸药"盒，与曾经死于自己手中者一样，承受同样的牺牲命运。

本多子爵阁下并夫人，鉴于如上理由，在卿等得到这封遗书时，我已成为尸体，横卧在我的床榻。惟临死之际，详尽告白我那该当诅咒的半生秘密，是为给卿等留下一点自我之清白。卿等若要憎恨，那就憎恨吧。如要怜悯，那就怜悯吧。自憎自怜的我，将愉快地接受卿等的憎恶与怜悯。我就此搁笔，命我的马车即赴新富座剧院。在半日观剧之后，我将吞下几粒"那种丸药"，尔后再次乘坐马车。时令固然不同，蒙蒙细雨令我有黄梅雨天之感。如此，我将像肥猪般的满村恭平那样，看着车窗外闪现的灯光，听着车篷上的潇潇夜雨声，在离开新富座剧院后不久，必将迎来最后的呼吸。卿等在翻阅明天的报纸时，恐怕在看到这封遗书前，将读到这样一条消息：北田义一郎医生因患脑溢血，在观剧归途中猝死于马车中。临终之际，我衷心地祈祷卿等健康幸福。

永远忠实于卿等的仆人北田义一郎拜

大正七年（1918）七月

开化的丈夫

虽然我们的眼睛看不见,但他们却随处走动着。
而且,那些幽灵时时凑近我们的耳边,轻轻地讲述着往昔的故事。

那是什么时候在上野博物馆举办介绍明治初期文明展时的事。一个阴天的下午，我在展览会的各展室仔细观看，终于走进最后一间陈列着当时版画的展室时，看到一位绅士站在玻璃展柜前，正注视着几幅老旧的铜版画。绅士是一位身材颀长略显纤弱的老人，穿着一身笔挺的黑色西装，戴着高雅的圆顶硬礼帽。我一眼便认出那是四五天前在某次聚会上被介绍认识的本多子爵。我虽然认识他不久，却也早已了解子爵生性厌恶交际，所以一时不知该不该上前问候。这时，子爵似乎听到了我的脚步声，慢慢回过头来看这边。尔后，那半白胡须遮住的嘴角闪出微笑，略微拿起礼帽，和善地招呼道："哎呀！"我稍微放松下来，默默地回礼，并轻轻地移步上前。

本多子爵是那种壮年时代的英俊仍像夕阳般漂浮在瘦削面孔上的那种人。不过，同时还有贵族阶层中少有的、不为人知的心劳所投下的忧郁的阴影。记得上次我也像今天一样，望着他那一身黑色中只有一只大大的珍珠领带卡发出沉郁的亮光，仿佛子爵本人的内心似的……

"这幅铜版画怎么样?是筑地居留地即景[1]吧?构图很巧妙啊,而且明暗的处理似乎也相当有意思。"

子爵小声地说着,一边用细手杖的银柄指着玻璃展柜中的画作。我点了点头。云母般波光粼粼的东京湾、各种彩旗翻飞的蒸汽船、路上行走的西洋男女的身姿,还有向洋房上空伸展着枝条的广重[2]式的松树——其取材和技法均呈现出和洋折衷的风格[3],体现了明治初期艺术特有的美妙和谐。这种和谐此后便从我们的艺术中永远地消失了,也从我们生活着的东京消失了。我又点着头说:"这幅筑地居留地即景不仅有铜版画的趣味,还有画着牡丹花、唐狮子的人力车、烧瓷画上的艺妓照片,让人回忆起充满自豪感的开化时代,所以更有一种怀旧感。"子爵仍然面带微笑地听我说着,并静静地离开玻璃展柜,慢慢地走向旁边陈列着的大苏芳年[4]的浮世绘。

"那么,请看这幅芳年的画。这是穿着西装的菊五郎和梳着

---

[1] 日本政府于1868年在筑地设置外国人居住地。距芥川出生地较近。
[2] 安藤广重(1797—1858),后又名歌川广重,江户末期的著名浮世绘画家,代表作为《东海道五十三次》。
[3] 和洋折衷风格,通常指日本式风格和西洋式风格合并的事物。例如建筑、设计或餐饮等方面。源自幕末的横滨,明治维新后在日本各地兴建,并遍及日本占领下的各殖民地。
[4] 大苏芳年(1839—1892),即月冈芳年。明治浮世绘界的泰斗,有最后的浮世绘师之称。

银杏卷发髻的半四郎正在月亮布景下演出哀叹场面。看到这个场面，那个时代——那个既非江户也非东京、昼夜不分的时代不是更加历历在目嘛。"

现在的本多子爵以厌恶交际著称，但我也听说当年他是留洋归来的才子，不仅在官界，在民间也颇有名气。所以，我觉得现在在这少人的展室里，在玻璃展柜中的当时版画的包围中聆听子爵的这番话，当然是极为适宜的。可是，另一方面，这种太过当然之事，多少又在我心中引发一些反感，因此子爵一说完，我便把当时的话题引开，想聊聊一般浮世绘的发展。但是，本多子爵还是用手杖的银柄指着芳年的一幅幅浮世绘，继续小声地说着：

"尤其是我这样的人，一看到这种版画，便觉得三四十年前的那个时代恍若隔世，觉得现在打开报纸，便能看到有关鹿鸣馆[1]舞会的报道。说老实话，从刚才进这间展室开始，我就已经觉得那个时代的人又都复活了。虽然我们的眼睛看不见，但他们却随处走动着。而且，那些幽灵时时凑近我们的耳边，轻轻地讲述着往昔的故事。这种奇怪的念头无论如何都挥之不去。特别是

---

[1] 日本于明治十六年（1883年）在东京建成的官办社交场所，位于东京都千代田区内幸町一丁目，曾是日本上层人士进行社交活动的重要场所。"鹿鸣馆"之名出自中国《诗经·小雅》中的"鹿鸣"篇，于1941年拆毁。

刚才穿西装的菊五郎,太像我的一位朋友了。所以,当我站在那幅肖像画前时,真想诉说阔别之情,那种怀念之情,甚至令我感到有点可怕。怎么样?如果不讨厌的话,听听那位朋友的故事吧。"

本多子爵故意避开我的视线,这么客气地说道,语气中隐含着不安。我想起上次见子爵时,引荐我的朋友曾经拜托子爵:"这小伙子是小说家,有什么有趣的故事时,请说给他听。"不过,即便朋友不曾说过什么,当时我也已经不由得被子爵那怀古的咏叹所吸引,想着如果可能,现在就和子爵两个人驱车前往隐没在往昔迷雾中的"一等砖瓦"[1]建成的繁华街。于是,我一边低头致谢,一边高兴地催促对方:"请吧。"

"那么,到那边去吧!"

按子爵说的,我们走向展室中央的长椅,并一起坐了下来。室内已经不见一个人影。周围只有在阴天的寒光中,许多玻璃架寂然地并排悬挂着古色古香的铜版画和浮世绘。本多子爵将下巴支在手杖的银柄上,环视了片刻这间如同其"记忆"般的展室,尔后将目光转向我这边,用低沉的声音开始讲述:

---

[1] 一等砖瓦,最上等的砖,此处指由此建造的建筑物,是当时的流行语。特指明治五年至七年间在新桥和银座间建成的日本最早的西方风格的繁华街道。

朋友是一位叫三浦直记的男人，是我在法国回来的船中偶然认识的，和我同岁，当时是二十五岁。像芳年画的那个菊五郎，肤色白皙、细长的脸，略长的中分头发，实在是一位明治初期文明化身般的绅士。在漫长的航程中，我们自然而然地成了朋友。回国后依然关系亲密，每周必见。

据说三浦的父母是下谷一带的大地主，两人都在他前往法国的同时先后去世，所以他这位独生子当时已有了相当的资产吧。我认识他时，他的生活除了去第 × 银行履行一下职责外，总能袖手游玩，甚是悠然自得。回国后不久，他便在两国百本杭附近父母的老宅中新建了漂亮的西式书斋，过着相当奢华的生活。

就在我这么说话期间，就像看到对面的一幅铜版画似的，那间书斋清晰地浮现在眼前。面向大川的法式窗子、镶金边的白色天花板、红色摩洛哥皮的椅子和长沙发、挂在墙上的拿破仑一世的肖像画、黑檀木雕花大书架、镶有镜子的大理石壁炉，其上摆放着他父亲生前喜爱的松树盆栽。一切都令人感到某种古色古香的新鲜，花哨得令人郁闷。用别的话形容，就是让人想起某种走调的乐器声，依然是富于那个时代特色的书斋。而且，在那种环境中，三浦总是坐在拿破仑一世肖像的下面，穿着和式结城丝绸衫，阅读着雨果的《东方诗集》什么的，更像那边陈列着的铜版画中的情景。这么说来，我记得那扇法式窗外，时常有大型白色帆船驶过，我总是有些好奇地眺望着那景象。

虽说三浦过着奢华的生活，却不像同龄的年轻人那样涉足新桥或柳桥之类的花街柳巷，只是天天闷在新建的书斋中，与其说是银行家，更像未老而隐退的人似的沉醉于读书三昧中。当然，原因之一是他体质羸弱，容不得任何放纵。还有一点是他的性格和当时的唯物主义风潮相反，带有超越常人的纯粹的理想主义倾向，自然情愿置身于孤独的环境中。事实上，三浦这个开化时代的模范绅士，多少与他那个时代和色彩有所不同之处，只在这理想主义的性格方面。就此而言，毋宁说他似乎有点像上个时代富于政治色彩的幻想家。

其证据是，我们两人去什么地方看正在演出的狂言《神风连》时的事，我想应该是大野铁平自杀那场戏落幕后，他突然把头转向我，表情认真地问道：'你能同情他们吗？'我原本也是留洋归来者，当时特别讨厌一切陈规陋习，所以非常冷淡地回答：'不，实在无法同情，我认为因为颁布了废刀令而发起暴动，这些家伙们应该自取灭亡。'他不服气似的摇着头说道：'也许他们的主张错了，但我觉得他们为主张而献身的态度远在同情之上。'于是，我又笑着反问：'那么，你愿意像他们那样，为了把将明治社会送回遥远神代的孩子气的梦想，而不惜舍弃宝贵的生命吗？'他仍然用认真的语气断然说道：'即便是孩子气的梦想，能为信念献身，我觉得非常值得。'我当时以为他不过是口头说说而已，也没有放在心上，但现在联想起来，其话语中其实已如烟雾般缠绕着此后令人心酸的命运阴影。随着话语的深入,你自然会明白。

不管怎样,三浦就是这样我行我素的态度。关于婚姻大事,他也坚持'不要没有爱的婚姻'。条件再好的亲事,他都毫不可惜地拒绝。而且,他所谓的爱并非一般的恋爱,所以即便有令他满意的大家闺秀出现,他也会说:'我的心理似乎仍有不纯之处……'很难发展到结婚这一步,让旁观者非常焦急,我有时也在一旁敲打:'这事如果像你这样处处检查自己的心理,那就连行止坐卧都不容易,所以你应该告诉自己反正世事不可能完全如愿,大概合适的对象就应该满足了。'可三浦反而每次都用令人怜惜的眼神看着我说:'如果这样,我何必独身至今。'全然不理会我。然而,即便朋友不便多言,但据说亲戚们担心他原本体弱多病,万一断了血脉怎么办?所以劝他至少要娶一个妾。当然,三浦只把这种忠告当作耳旁风。不,岂止是当作耳旁风,他极讨厌'妾'这个词。平时一见到我就嘲笑说:'总之,不管怎样标榜开化,纳妾还在日本公然盛行。'因此,回国后两三年间,他每天只是坐在拿破仑一世肖像画下,坚忍不拔地读书。连我们这些朋友都完全不知道什么时候才能实现他所谓的'有爱的婚姻'。

在此期间,我因官方事务暂时到韩国京城赴任。可是,到任后不到一个月,就意外地收到三浦通知结婚的消息。我当时的惊讶之情可想而知。可我在惊讶的同时,想着他也总算找到爱的伴侣了，不觉会心地微笑了。通知的字面极简单，只说与官商的女儿藤井胜美定下婚约。根据后来接到的信件，可知他某日散步，顺便拐到柳岛的萩寺[1]，刚好遇到时常出入其宅邸的古董商和藤井父女一同上香，便在寺内结伴行走，不知不觉间彼此有了意。总之，说起萩寺，当时仁王门还是稻草葺的屋顶，芭蕉翁的'雨中萩，冒雨赏萩人更美'的著名诗碑在萩丛中实在是风雅的去处，肯定也是才子佳人奇遇的理想舞台。但是，对于外出时必穿巴黎定制的西装，总以开化绅士自居的三浦而言，这种一见钟情的方式太过老套，像我这种读其结婚通知时便不觉微笑的人，更是禁不住笑了起来。这么说来，你马上可以推测出那位古董商是这门亲事的牵线人吧。而且，所幸事情立即敲定，确定好名义上的媒人后，当年秋天便顺利地举办了婚礼。所以，夫妇之间自然是琴瑟和谐吧。尤其是我，既感到好笑，又感到妒羡，因为那般冷静而有学者气质的三浦，在婚后告知近况的信中也流露出了判若两人的开朗。

我至今仍然保存着他的书信。一封封地重读这些信件时，便觉得他那时的笑容历历在目。三浦以孩子般的喜悦之情，把他日常生活的细节写了寄来，今年栽种牵牛花失败；有人让其捐助上野的育婴堂；梅雨季节大半书籍发霉；雇佣的车夫得了破伤风；

---

[1] 萩寺即龙眼寺，因当时后院种有大量萩，中秋时甚是壮观，故俗称萩寺。

去都座剧场看西方魔术；藏前[1]发生火灾之事……细细说来，实在难以尽述。其中最令他高兴的是他委托画家五姓田芳梅[2]画夫人的肖像画一事。他把那幅肖像画替换拿破仑一世挂在书斋的墙上，我后来也看到了，好像是一幅侧脸画：梳着西式发髻的胜美夫人穿着绣金线的黑花外套，手捧玫瑰花束站在镜前。可是，如今即便可以看到那幅画，当时那般开朗的三浦却永远看不到了……"

　　本多子爵说完，轻轻地叹了一口气，沉默了许久。我正认真地听着，不觉心神不定地注视着他的脸，猜想是否子爵从韩国京城返回时，三浦已经不在人世。这时子爵似乎早已觉察到我的不安，慢慢地摇了摇头。

　　"但是，我虽然这么说，可他并非是在我出国期间去世的。只是过了大约一年左右，我再次回到内地，只见他又变得冷静从容，可以说比从前更加忧郁了。这一点，当他专程来新桥车站接我，在与他久别重逢握手时，我已经感觉到了。不，与其说是感觉到他，恐怕应该说是对其过度的冷静感到担忧。事实上，当时我一看到他脸，便颇觉意外，先问了一句：'怎么了？身体不舒服吗？'可是，他反倒对我的怀疑感到奇怪，回答说不仅是他，还有他夫人都很健康。这么说来，才一年左右的时间，虽说有了

---

[1] 东京街道名称。
[2] 模拟明治初期日本新画创始人五姓田芳柳（1827—1892）之名。

'有爱的婚姻'，他的性格也不可能突然变化，所以我也就不再放在心上了，'那么，可能因为光线不好，所以脸色看上去不太好'。笑着搪塞过去了。发展到无法一笑了之的地步——察觉到隐藏于忧郁面具下的他的烦闷，还需要两三个月的时间。不过，按照故事的先后顺序，还得先说说他夫人的人品。

我第一次见到三浦夫人是从京城回来不久，应邀到其大川边的宅邸共进晚餐时。听说夫人与三浦差不多年龄，也许是因为身材娇小的缘故，见到的人肯定都认为她比三浦年轻两三岁。浓浓的眉毛、红润的圆脸，当晚好像穿着古代蝶鸟图案的和服，束一条素花缎带。如果用当时的语言形容，就是给人一种高贵的感觉。可是，作为三浦的爱的对象，与我想象中的新夫人形象有点不符。当然，这只是一种感觉，连我自己都不清楚具体原因。特别出乎我意料的是，从这次和三浦第一次见面开始，常有这种感觉。当然，当时我也只是随便想想，并未因此冷却了祝福其新婚的热情。岂止如此，在明亮的汽灯下，面对美味佳肴时，其夫人出色的才华令我折服。俗话说反应灵敏，恐怕就是指那种应对方式吧。'夫人，像您这样的才女，不应该生在日本，而应该生在法国。'我终于一脸认真地说出这种话来。于是，三浦也呷着酒从旁调侃道：'你瞧！我也总这么说吧？'其调侃的口吻刹那间在我耳边传来不悦的回响，不知是否因为我多心？不，这时胜美夫人半是埋怨般瞟了他一眼，那眼神彻底地背叛了她那露骨的娇媚，不知是不是我的妄自推断？总之，我从这简短的对话中刹那间感到了他们两人的日常生活。如今想来，那是我见证其人生悲剧的序幕。不过当时也只是不安的念头一闪而过而已，随后便又与其交杯换盏。所以，在当晚名副其实地一夜尽欢后，在离开其宅邸时，微醉的我坐在人力车上，任由大川边的河风吹拂着，心中一遍遍地为他成功拥有爱的婚姻而祝福。

然而，大约一个月后（当然，这期间我也经常和他们夫妇来往），有一天我应一位医生朋友的邀请，到正在上演《于传假名书》[1]的新富座剧场看戏，发现三浦夫人在对面楼座靠中间的位置。我当时去看戏时，必定带小望远镜，所以在燃烧般的红挂毯后的胜美夫人也终于出现在圆镜筒中。她把玫瑰花似的花朵插在西式发髻上，素雅的衬领衬托着白皙的双下巴。在我发现这张面孔的同时，对方也抬起妩媚的眼睛微微致意。于是，我也放下小望远镜，一边回注目礼。不知为什么，三浦夫人又慌忙地朝我这边点头致意，而且远比前次恭敬得多。我终于明白她最初的注目礼并不是送给我的。所以，我下意识地环视周围的高台座席，寻找其致意的对象。这时我发现紧隔壁的池座中有一位身穿华丽条纹西装的男人，似乎也在寻找胜美夫人致意的对象。他叼着气味

---

[1] 指《缀合于传假名书》，于1879年5月29日在新富座演出，以毒妇高桥阿传为原型创作的作品。

浓烈的雪茄烟，目不转睛地盯着这边，正好与我视线相撞。我从那微黑的面孔中读出了某种不快的特征，所以立刻转移视线，又拿起小望远镜随便地朝对面楼座望去。只见对面三浦夫人所在的池座里坐着另外一个女人。说到楢山这位女权论者，恐怕您也听说过，是当时颇有名气的代言人[1]楢山的夫人，极力主张男女同权，总之是一个绯闻不断的女人。楢山夫人身穿黑色带家徽的和服，端着肩膀，戴着金边眼镜，俨然保护人般与三浦夫人并排而坐，这情景不禁令我产生了无以名状的不祥的预感。而且那位女权论者颧骨高高的脸上化着淡妆，她一边留意着自己的衣领，一边朝我们这边——恐怕是朝旁边那个穿条纹西装的男人使什么眼色。这一天，我把更多时间用在观察三浦夫人、穿条纹西装的男子以及楢山夫人方面，而非舞台上的菊五郎和左团次，我这么说，绝非言过其实。我虽然身处伴奏席传来的伴奏声和舞台垂挂的假樱花饰品中，但我的心却与戏台毫不相干，始终被带着不祥色彩的想象所折磨。所以，在第一场戏后的独幕剧结束后不久，那两个女人从对面楼座消失时，我才实实在在地松了一口气。当然，女人们退场后，穿条纹西装的男子仍在旁边的池座中吸着烟，并不时地瞟我一眼。但三个巴形图案中少了两个，我也就不像先前那样介意那张微黑的面孔了。

---

[1] 律师的旧称。

这么说来，似乎我太过胡思乱想了，但这是因为那个年轻男子微黑的容貌莫名其妙地引发了我的反感，总觉得我和那个男子之间，或者我们和那个男子之间一开始就纠缠着某种敌意。因此，其后未过一月，当三浦自己在那间大川边的书斋中向我介绍此人时，我仿佛受到了某种暗示似的，不知如何是好。听三浦说，此君是其夫人的表弟，虽然年轻，但当时在××纺织公司颇受重用，是个能干的职员。这么说来，大家围坐品尝红茶，一边东拉西扯，一边吸烟时，我也确实立刻察觉出他的才能。不过，即便有才能，也无法改变我对他的好恶。不，既然已多次说是夫人的表弟，那么在剧场里互相打个招呼也就没有什么不可思议吧。我这么诉诸理性，甚至尝试尽可能努力地接近那个男子。可是，每当我的努力即将成功时，他必定发出声来啜饮一口红茶，或把烟灰随手掸在桌上，或对自己的玩笑放声大笑，总要做些令人不快的动作，再次引发我的反感。所以，在大约半小时后，当他说要参加公司的宴会告辞离开时，我不由自主地站起身来，将面向大川的窗户全部打开，以便净化房间里的庸俗之气。这时，三浦一如既往地坐在手捧玫瑰花束的胜美夫人的额头下方，用责备的口吻说：'你特别讨厌那个男人啊。'我说：'莫名其妙地觉得讨厌，没有办法，那人居然是你夫人的表弟，实在不可思议。'三浦反问：'所谓不可思议是指？'我说：'没什么，只是太不一样了。'三浦沉默了一会儿，一动不动地凝望着反射着夕阳余晖的河面,尔后没头没脑地说:'怎么样?改天去钓鱼吧。'我也希望不要再提夫人的那个表弟了,便立刻高兴地答应:'太好了!我的钓鱼技术比外交有自信。'三浦这才微笑着说:'比外交?那么我,嗯——也许比谈情说爱自信。'我说:'也就是说,会得到比你夫人更好的收获……'三浦说:'这样又能让你羡慕我了,不是挺好吗?'三浦这番话的深意,让我觉得有一种刺耳的反响。不过,透过余晖看去,他的表情依旧冷静,就那么执拗地看着法式窗户外面的波光。我问:'什么时候去钓鱼?'三浦说:'什么时候都行,选你方便的时候。'我说:'那么,我写信给你吧。'于是,我慢慢地从红色摩洛哥皮椅上起身,默默地和他握手,尔后独自走出这间黄昏时刻的神秘书斋,朝着外面更昏暗的走廊走去。这时,我意外地发现房门口有个黑色人影,似乎静静地站在那里偷听房间里的动静。而且,那个人影一看到我,突然走上前来娇媚地说:'哎呀,您这就回去吗?'我感到刹那间的窒息,冷淡地看了看今天也在头发上插了玫瑰花的胜美夫人,依然默默地点了点头,随即匆匆地走向人力车等候着的门厅。我这时的内心混乱至极,这是连我自己都没有意识到的,只记得人力车通过两国桥时,我的嘴里还不停地念叨着'大利拉'[1]

———————

[1] 出自《圣经·旧约·士师记》中有关希伯来英雄参孙的故事。大利拉是参孙的情妇,后使参孙失去神力,导致参孙身亡。

这个名字。

此后，我确切地觉察出三浦忧郁的外表隐藏着的秘密气息。毋庸赘言，那秘密气息立即在我心上印刻了理应忌讳的'通奸'二字。可是，倘若果真如此，三浦这位理想家为什么不断然离婚呢？是否因为即便怀疑，但没有证据的缘故？或因为即便有证据，但还深深地爱着胜美夫人，所以犹豫不决？我不断地揣测着各种可能性，竟连钓鱼的约会也忘光了。在大约半个月期间，虽然有时写信，却再没有踏入过那座曾经频繁造访的大川边的宅邸。然而，半个月后，我又偶然碰到一件意外事件，于是终于履行先约，想顺便利用见面机会，直接向他道出我内心的疑虑。

说来有一天，我还是和当医生的朋友去中村座看戏。归来途中，与号称珍竹林主人的曙光报资深记者一起，冒着傍晚时分下起来的阵雨，到当时位于柳桥的生稻酒馆喝上一杯。可是，在酒馆二楼房间听着缅怀江户时代的远三弦乐，享受着小酌的乐趣时，具有开化时代戏作者风范的珍竹林主人忽然兴起，一边说着俏皮话，一边开始津津乐道地讲述那位楢山夫人的丑闻。说是夫人以前曾是神户一带的洋人的小妾，一度曾将三游亭圆晓[1]纳为男妾，当时是夫人的全盛时期，光是金戒指就戴了六个。自两三年前开始，她因违法借款导致债台高筑……珍竹林主人还揭露了

---

[1] 模拟明治初期著名单口相声演员三游亭圆朝（1839—1900）之名。

她许多不为人知的劣迹,其中在我内心投下最不愉快阴影的是风传近来不知谁家的年轻少奶奶成了她的跟包者。而且,这个年轻少奶奶有时好像和女权论者一起带男人到水神一带留宿。听到这番话语时,三浦那若有所思的样子便执拗地浮现在眼前,本该热闹敬酒的场面,我却无法强作欢颜。不过,幸亏医生似乎立即察觉出我的不快,巧妙地岔开了话题,聊起与楢山夫人完全无关的话题。我终于喘了一口气,总算可以继续应酬下去,以免让大家扫兴。但是,那晚我实在不走运。女权论者的传闻已经让我垂头丧气。不久,和两位同伴一起离开座位,在店门口正要乘车回去时,突然一辆人力车的车篷在雨中闪着亮光飞驰而来。而且,当我一只脚踏上车的同时,对方的车也放下刷过桐油的车篷,有个人飞快地从车上跳下,我看了一眼那人的身影,即刻顺势钻进车里。在车夫拉起车把的刹那间,我感到了异样的兴奋,不觉嘟哝了一声:'是那家伙!'所谓那家伙不是别人,正是三浦夫人的所谓表弟,那个肤色微黑、穿条纹西装者。因此,我在雨点敲打车篷、在明火通明的广小路大街一路飞驰期间,仍想象着坐在那辆人力车上的另一个人。可怕的不安念头数度震撼了我。那到底是楢山夫人吗?还是西式发髻上插了玫瑰花的胜美夫人?我被这无法释怀的疑惑所困扰,同时又怕真相大白,对仓皇隐身车内的自己的胆怯心理感到气愤。另外那个人到底是三浦夫人还是女权论者,至今对我仍是无法解开的疑团。"

本多子爵不知从什么地方掏出一块大丝帕,礼貌地擤着鼻子,并环视着暮色渐近的展室,又继续小声地说了下去:

"当然,这个问题先不管,总之我认为从珍竹林主人那里听到的传闻值得三浦认真思考。所以,我第二天便立即写信通知了去钓鱼并顺便散心的日期。三浦很快回信,说那天正好是阴历十六,赏月胜过垂钓,计划傍晚乘船到大川。我当然没有特别执着于垂钓,所以立即表示赞同,当天如约在柳桥出租游船处会合,不等月出,便乘猪牙船驶向大川。

那时的大川夕景也许难比往昔的风流,但仍然保留着浮世绘般的美感。实际上我们那天也来到万八下面的大川河面,只见仿佛涂了墨汁般的两国桥的栏杆,在淡淡的中秋夕照下的波光粼粼的水波上面,呈反翘的黑色一字形状。桥上马车的影子已在水霭中模糊不清,惟有来回穿梭的灯笼已经小得像红色的酸浆果般点点晃动着。三浦说:'怎么样?这景色。'我说:'是啊,也许就是这种景色,在西方无论如何是看不到的。'三浦说:'那么,说到景色,你不介意传统风格的景色吧。'我说:'啊,在景色方面我认输。'三浦说:'不过,我近来已经对开化厌恶至极。'我说:'据说那位尖刻的梅里美[1]见到日本旧幕府使节团成员走在法国

---

[1] 普罗斯佩·梅里美(Prosper Mérimée,1803—1870),法国现实主义作家、剧作家。

大街上，便对身旁的大仲马[1]或什么人说：'喂，到底是谁把日本人绑在那么长的刀上的？'你要是一不留神，也会被梅里美贬得一钱不值。'三浦说：'啊，我这儿也有个故事。有一位名叫何如璋[2]的中国使节入住横滨的旅馆，当看到日本人的被子时，感慨地说："此乃古代寝衣也，此邦有夏周遗制。"所以，不能因为因循守旧而一概斥之。'这时，涨潮的河面突然黑了下来。我们不觉惊讶地环视四周，才知道我们所乘的猪牙船在急促的橹声中已经离开两国桥，来到夜里也能看出的黑黑的首尾松前。于是，我想尽快转入有关胜美夫人的话题，便立即接着三浦的话说：'你那么喜欢传统风格，那位开化的夫人怎么办？'我扔出了试探的测锤。于是，三浦沉默了一会儿，对我的问题充耳不闻似的，凝望着尚无月光的御竹仓的上空，尔后注视着我的脸，用低沉有力地声音断然地回答道：'已经没关系了，大概一星期前离婚了。'这意外的回答令我狼狈。我不由得抓住船帮，粗俗地问：'那么，你也知道啦？'然而，三浦依然语气平静地问道：'你全都知道了吗？'我说：'不能说全知道，但听说过你夫人和

---

[1] 亚历山大·仲马（Alexandre Dumas，1802—1870），世称大仲马，法国19世纪浪漫主义作家。

[2] 何如璋（1838—1891），广东人，中国早期杰出的外交家，中日两国正式邦交的开创者，为第一任驻日公使。

楢山夫人的关系。'三浦说:'那么我妻子和她表弟的关系呢?'我说:'也是略有察觉而已。'三浦说:'那么,我也没什么好说的了。'我说:'可是——可是,你是从什么时候开始觉察到那种关系的?'三浦说:'我妻子和她表弟的事吗?那是在婚后三个月的时候——刚好在请画家五姓田芳梅画那幅妻子的肖像画之前。'这回答对我而言,更加出乎意料,你也能想象出来吧。我说:'那你为什么又默认至今?'三浦说:'不是默认,而是肯定。'我第三次被这出乎意料的回答吓坏了,有一阵子只是目瞪口呆地盯着他的脸,三浦却从容不迫地说:'当然不是肯定他俩现在的关系。我是肯定当时我在自己的想象中描绘的他俩关系。你还记得我主张"有爱的婚姻"吧?那不是我为了满足自己的利己心而提出的主张,而是我将爱置于一切之上的结果。所以,当我婚后发现我们之间的爱情并不纯粹时,一方面后悔自己的草率,也同情必须与我共同生活的妻子。你也知道,我原本身体也不强壮。而且,我想爱妻子,可妻子却怎么都无法爱我。不,这也许是因为我所谓的爱,原本就是不能引发对方热情的贫弱之物。所以,如果我妻子和她表弟之间,有比我和妻子之间更纯粹的爱情,我愿意勇敢地为青梅竹马的他们做出牺牲。否则,我将爱置于一切之上的主张在事实面前是迂腐的。如果万一有那么一天,那幅妻子的肖像画也可以作为妻子的替身留在我的书斋里。'三浦这么说着,眼睛又朝对岸的上空望去。可是,天空仿佛垂下了黑幕，阴沉沉地覆盖在米槠树松浦宅邸[1]的上面，至今也没显示出一点儿月亮即将露脸的迹象。我点燃了雪茄催促：'后来呢？'三浦说：'可是，后来不久，我发现妻子表弟的爱情不纯洁。露骨地说，我发现那男人和楢山夫人之间也有肉体关系。至于怎么发现的，你恐怕不想知道，事到如今我也不想再提。总之，我只想说某次极偶然的机会，我自己亲眼看到了他们的幽会。'我一边将烟灰磕在船帮外，一边在心中清晰地描绘出那个生稻雨夜的记忆。三浦继续说：'这对我是第一次打击，我借以肯定他们关系的理论依据失去了一半，我势必不能再用以前善意的眼光看待他们的偷情。这应该是你从朝鲜回来时的事吧。当时我每天都苦恼于怎样才能把妻子从她表弟身边拉回来。尽管那男人的爱中有虚假成分，可妻子肯定是纯粹的——我相信这一点，同时也为了妻子个人的幸福，相信有必要就他们的关系进行交涉。可是，他们——至少妻子觉察到我的态度后，似乎认为我以前不知道他们的关系，那时终于觉察到了，所以开始嫉妒了。所以，从那以后，我妻子便开始对我进行充满敌意的监视。不，也许有时对你也进行了和我一样的警戒。'我说：'这么说来，你夫人还偷听过我们在书斋中的讲话。'三浦说：'应该是吧，她确实干得出那种

---

[1] 位于墨田区横纲町二丁目，原肥前守松浦侯的宅邸，因有高大的米槠树而成为过往船只的路标之一。

事。'我们沉默了一会儿,看着漆黑的河面。这时我们乘坐的猪牙船已经穿过原先的御厩桥下,在夜晚的水面留下隐约的涟漪,即将到达驹行的林荫道附近。不久,三浦又用低沉的声音说:'可我还是没有怀疑妻子的诚实。所以,我和妻子无法做到心灵相通——不但无法心灵相通,还招致了她的憎恨,这更令我感到苦恼。从我到新桥接你开始直到今天,我一直都在和这种苦恼作斗争。可是,大约一周前,由于女佣或什么人的差错,寄给妻子的信送到了我的书斋。我立即想到了妻子的表弟,于是,我终于拆开了那封信。但出人意料的是,那是另外一个男人寄给妻子的情书。换言之,妻子对那男人的爱情也不是纯粹的。当然,这第二次打击具有比第一次打击更可怕的力量,它粉碎了我的全部理想。可是,与此同时,我又确实体验到了突然卸下包袱般的可悲的安心感。'三浦这么说完时,刚好对岸成排仓库的上空开始冉冉升起一轮阴历十六的大红月亮。我刚才看到芳年那幅浮世绘,从穿西装的菊五郎联想到三浦的往事,就是因为那轮红月亮像那场戏中的道具月亮。那位皮肤白皙、细长脸、长发中分的三浦眺望着月出,突然长出一口气,带着沉寂的微笑说:'你以前曾经贬斥神风连舍命相争的东西是孩子般的梦幻。那么,以你的眼光看,我的婚姻生活也……'我说:'是的,或许也是孩子般的梦幻。不过,百年之后再看我们今天所追求的开化,不也是孩子般的梦幻吗……'"

本多子爵讲到这里时，正好什么时候走到我们身边的门卫通知闭馆时间已到。子爵和我慢慢站起身来，再次环视周围的浮世绘和铜版画，尔后静静地走出展室，仿佛我们自己也是从那玻璃展柜飘浮出来的过往的幽灵似的。

　　　　　　　　　　　　　　　大正八年（1919）一月

葱

明天就到截稿日了,我想今晚一气呵成地写成这篇小说。

明天就到截稿日了，我想今晚一气呵成地写成这篇小说。不，不是想写成，而是必须写成。那么，写什么呢？那只能读完下面的正文了。

神田神保町一带的某家酒吧，有一位叫阿君的女招待。年龄说是十五六岁，但看上去更老成一些。也许因为皮肤白皙，眼睛明亮，所以即便鼻头略微上翘，也还算得是个美人。中分的发型，插着一支勿忘草簪子，围着白围裙站在自动钢琴前的样子，全然是竹久梦二[1]画中走出的人物似的。由于诸如此般的理由，在这家酒吧的常客中，似乎早就有了通俗小说的绰号。当然，还有其他各种绰号。因为簪花而叫勿忘草；因为像美国电影女演员，

---

[1] 竹久梦二（1884—1934），有"大正浪漫的代名词""漂泊的抒情画家"之称的日本画家、装帧设计家、诗人，不仅打通了纯艺术与设计、工艺等实用美术的边界，而且开启了画坛的新时代。

所以叫玛丽·碧克馥[1]小姐；因为是这家酒吧不可或缺的人物，便又叫"方糖"；ETC.ETC。[2]

这家店除阿君外，还有一位年长几岁的女招待，她叫阿松，姿色远不如阿君。白面包和黑面包那样的区别。所以，虽说在同一家酒吧工作，阿君和阿松的小费收入完全不同。阿松自然对这种收入方面的差别心存不满。这种不满情绪强烈时，近来开始胡思乱想起来。

某夏日的午后，阿松负责的桌子有一位外语学校学生模样的客人，正叼着一支香烟，要用火柴点烟。可是，不巧邻桌的电扇风势正猛，火柴的火未及凑近就被吹灭了。阿君刚好从桌旁走过，就在客人和电扇之间站了一会儿以挡住风。学生趁机点着了香烟，晒黑的脸上浮现出微笑说了声："谢谢！"看来阿君的热情周到自然也感动了对方。于是，站在收银台前的阿松拿起正要端去的冰淇淋碟子，目光锐利地看着阿君娇嗔地说道："你端过去吧！"

这种纠葛一周内会发生好几次，所以阿君很少和阿松说话。她总是站在自动钢琴前，凭借有利地形向更多的学生客兜售着无

---

[1] 玛丽·碧克馥（Mary Pickford，1892—1979），出生于加拿大多伦多，美国默片女演员。美国早期的电影明星，极盛时期曾是全世界最富有、名气最大的女人，曾获奥斯卡最佳女主角奖和奥斯卡终身成就奖。
[2] 依照原文，etcetera 的略写，"等等"之意。

声的魅力，或招致十分恼火的阿松的无声讥讽。

不过，阿君和阿松交恶并不仅仅因为阿松的嫉妒，阿君在心里也鄙视阿松的低级趣味。那肯定是因为从一般小学毕业后，只是听听浪花曲，吃吃杂锦甜凉粉，追追男人造成的，阿君坚信这一点。那么，阿君的爱好又是怎样的呢？可以暂时离开这家热闹的酒吧，看看附近小巷深处某家女梳头店的二楼吧。这是因为阿君租了二楼的房间，除了到酒吧工作外，朝夕起居都在那里的缘故。

二楼是天花板低矮的六铺席房间，从西晒的窗子向外看，也只能看到一片瓦屋顶。靠窗的墙边，有一张铺了印花布的桌子。当然，这是为了表述方便，姑且称为桌子，但实际上不过是一张古雅的矮脚饭桌。桌上也摆放着半旧的洋装书，有《不如归》《藤村诗集》《松井须磨子的一生》《新朝颜日记》《卡门》《从高山看谷底》，还有七八本妇女杂志，遗憾的是没见到一册我的小说集。此外，桌旁那早已清漆剥落的碗柜上有一个细脖玻璃花瓶，优雅地插着脱落了一片花瓣的百合绢花。可以推测，如果这朵百合花瓣没有脱落，肯定现在还装饰在那家酒吧的桌上。最后，在碗柜上面的墙上，用大头针钉着三四张杂志卷头画似的图画。最中间是镝木清方[1]的元禄美女，下面小小的一张好像是拉

---

[1] 镝木清方（1878—1972），日本大正、昭和时代最具代表性的仕女画家。

斐尔的圣母子像。那位元禄美女上方是北村四海[1]的美女雕像,仿佛在娇滴滴地向一旁的贝多芬送着秋波。不过,这个贝多芬只是阿君想象中的贝多芬,实际上是美国总统伍德罗·威尔逊,所以对北村四海也是甚为遗憾的。

这么说来,阿君的趣味生活充满了艺术色彩,这已是不言自明的了。实际上,阿君每天很晚从酒吧回来后,肯定会在这贝多芬又名威尔逊的肖像下,或阅读《不如归》,或眺望百合绢花,沉浸在比新派悲剧电影的月夜场面更为伤感的艺术激情中。

樱花盛开的某个夜晚,阿君独自伏案,几乎直到头遍鸡叫,一直在桃色信笺上奋笔疾书。可是,有一页写好的信纸掉在桌下,直到翌日早上去酒吧上班,她似乎都没有发觉。于是,从窗户吹进一阵春风,把那张信纸吹到了并排摆放着两面用姜黄色棉布罩住的镜子的楼梯下。楼下的梳发女知道阿君常常收到情书,所以认为这张桃色信纸也是一页情书,便好奇地浏览了一遍,却意外地发现像是阿君的笔迹。那么,阿君是否在给谁写回信呢?只见信上写着:"想到您与武男离别时的情景,我哭得撕心裂肺。"果然,阿君几乎通宵在给浪子夫人写慰问信。

事实上,我一边编写这段插曲,一边不觉为阿君的多愁善感而会心一笑。可是,我的微笑毫无恶意。阿君租住的二楼房间

---

[1] 北村四海(1871—1927),日本著名大理石雕刻家。

里，除了百合绢花、《藤村诗集》、拉斐尔的圣母相片外，还摆放着自己做饭必备的灶具，它们象征着东京生活的艰辛。这种生活至今已不知多少次迫害过阿君。不过，透过泪水的雾霭看落寞的人生时，也会展现一个美丽世界。阿君为了摆脱现实生活的压迫，隐身于这艺术激情的泪水中。这里既无每月六元的房租，也无七角一升的米价。卡门既无电费之忧，还无忧无虑地打着响板。浪子夫人很辛苦，但并非买不起药品。一言以蔽之，这种眼泪在朦胧的人世之苦的黄昏中，谦恭地点亮了人世之爱的灯火。啊！想象在深夜悄然无声的东京，阿君抬起泪眼，在仅有十瓦的昏暗的灯光下，幻想着逗子[1]的海风和科尔多瓦[2]夹竹桃的孑然身影——混蛋！什么没恶意，一不小心，我也会变得多愁善感！原本坊间的评论家都说我没有人情味，颇具理智的倾向。

在某个冬夜，阿君从酒吧很晚回来。一开始和往常一样，坐在桌前阅读《松井须磨子的一生》什么的。还没读完一页，却不知什么原因，像是突然对那本书产生了厌恶感似的，把书扔在了榻榻米上。尔后，就那么侧身坐着，胳膊肘放在桌上以手托腮，漠然地望着墙上的威尔逊——贝多芬的肖像。这自然非同寻常。阿君被那家酒吧解雇了吗？若非如此，是阿松欺侮人的方式更加

---

[1] 逗子，在神奈川县逗子市，《不如归》的舞台之一。
[2] 科尔多瓦（Córdoba）是西班牙的南部城市，小说《卡门》的舞台之一。

毒辣了吗？还是突然虫牙痛了？不，左右阿君心境的决非这类世俗事件。阿君也像浪子夫人一样，或像松井须磨子一样陷入了爱情的烦恼。那么，要说阿君倾心的对象——幸好阿君就那么望着墙上的贝多芬，暂时还没有移动身子的样子。我就趁此机会，简单介绍一下阿君的这位光荣的恋爱对象吧。

阿君的对象叫田中，算是一位无名的艺术家，因为他是个才子，会做诗，又会拉小提琴，还会画油画、演戏。擅长百家诗纸牌、弹萨摩琵琶。没人能鉴定哪个是本行，哪个是业余爱好。再看其人物形象，脸像演员般平板而无特色，头发如油画颜料般光亮，声音如小提琴般柔和，语言如诗歌般动人，追求女人像打百家诗纸牌般敏捷，赖债像唱萨摩琵琶曲般雄壮活泼。他戴着黑色大檐帽，穿着看似廉价的猎装，系着紫红色波希米亚领带……这么说来，大致上可以明白了。想来田中这类人已成为一种类型，只要去神田本乡一带的酒吧或咖啡馆、青年会馆或音乐学校的音乐会（但仅限于最低价的座位）、兜屋[1]或三会堂[2]的展览会等处，肯定有两三位这类人物傲然睥睨着俗众。因此，如果还想更详细地了解其肖像，可去上述场所看看即可。我已经不想再写了。首先，在我介绍田中期间，阿君已不知什么时候站了起来，

---

[1] 兜屋，位于银座八丁目的画廊。
[2] 三会堂，位于赤坂的画廊。

从打开的拉窗看窗外寒冷的月亮。

瓦屋顶上空的月光照在细颈花瓶里插着的百合绢花上，照在墙上贴着的拉斐尔的小圣母子画上，还照在阿君微翘的鼻头上。可是，阿君清澈的眼里却没有月光闪耀。像下了霜似的瓦屋顶也不存在似的。田中今晚把阿君从酒吧送到这里，甚至约好了明晚一起度过愉快的时光。明天刚好是阿君每月一次的休假日，于是说好下午六点在小川町电车站见面，尔后去芝浦看意大利马戏团的表演。迄今为止，阿君还从未和男人单独出去玩过，所以想到明晚要像世间的恋人们那样和田中一起去看夜场马戏，现在便感到了心脏的快速跳动。对阿君而言，田中无异于掌握着开启宝窟大门秘咒的阿里巴巴。当他念诵咒语时，阿君面前会出现怎样神秘的快乐景象呢？从刚才开始，阿君有心无心地眺望着月亮，胸中如同风起云涌的大海，又如即将启动的公共汽车的马达般，汹涌澎湃地描绘着即将到来的不可思议的梦幻世界。那里有一条玫瑰花盛开的路，撒落着无数养殖珍珠做的戒指和假翡翠做的腰带卡。夜莺温柔的鸣叫声已从三越的旗上如蜂蜜滴落般传来。橄榄花香飘逸的大理石宫殿里，道格拉斯·范朋克先生[1]和森律子[2]

---

[1] 道格拉斯·范朋克（Douglas Fairbanks，1883—1939），美国早期最著名的男演员，曾与玛丽·碧克馥有过一段婚姻。
[2] 森律子（1890—1961），日本大正、昭和时代的女演员，也是帝国剧场的第一批女演员。

小姐的舞蹈正渐入佳境……

不过，我要为阿君的名誉补充说明。当时阿君描绘的梦幻世界中，时而有令人毛骨悚然地飘荡着的晦暗云影，像要威胁一切幸福似的。诚然，阿君肯定对田中怀着恋爱之心。但是，那位田中实际上是带着阿君艺术激情光环的田中，是一个会写诗、拉小提琴、画油画、演戏、擅长百家诗纸牌、弹萨摩琵琶的朗斯洛先生[1]。所以，阿君内心那新鲜的处女直觉，有时也会感到这位朗斯洛的身份颇为可疑。这时，令人不安的晦暗云影便会掠过阿君的梦幻世界。可是，遗憾的是这片云影转瞬即逝。阿君无论怎样老成，也还是十六七岁的少女，而且是充满艺术激情的少女。除了担心身上的和服被雨淋湿，或对莱茵河落日的美术明信片发出赞叹声外，很少把云影放在心上，这也是正常现象。况且在那玫瑰盛开的路上，现在撒落着无数养殖珍珠做的戒指、假翡翠做的腰带卡……以下如前文所写，请参阅前文。

阿君如夏凡纳[2]所画的圣女日南斐法[3]般，长时间地凝望着月光下的瓦屋顶。尔后打了一个喷嚏，随即吧嗒一声关上纸拉

---

[1] 英国作家托比亚斯·乔治·斯摩莱特（Tobias George Smollett，1721—1771）的小说《朗斯洛·格里弗斯爵士》中的主人公。
[2] 夏凡纳（P. P. Chavannes，1824—1898），法国装饰画家。
[3] 法国圣女日南斐法（Geneviève），传说她阻止了匈奴国王阿提拉对巴黎的入侵。

窗，又斜坐在原先的桌边。此后直到翌日下午六点期间，阿君做了什么，遗憾我也一无所知。为什么作为作者的我一无所知——从实招来！因为今晚我必须写完这篇小说。

翌日下午六点，阿君在怪异的青紫色大衣上披着奶油色的披肩，比平日略显心神不定地去了夜幕笼罩下的小川町的电车站。只见田中仍将黑色宽檐帽压得低低的，夹着一根镍银柄的手杖，竖起宽条纹短外套的领子，在红色电灯下伫立等候。白皙的脸比平时刮得更干净，还隐约散发着香水味。看来今晚似乎特意打扮了一番。

"让您久等了吧？"

阿君抬头看着田中的脸，气喘吁吁地说道。

"没有。"田中大度地回答着，一边注视着阿君的脸，眼神中含有令人捉摸不定的微笑，尔后突然打了一个冷战，补充道："走一会儿吧。"不，不仅补充了一句，他已在弧光灯下人来人往的马路上，朝着须田町方向走去了。马戏表演是在芝浦。即便步行，从这里也必须朝神田桥方向走。阿君仍然站在那里，拉紧被尘风吹起的奶油色披肩，并奇怪地问道："朝那边走吗？""是啊。"田中只是隔着路人的肩膀轻声回答着，依然朝须田町方向走去。

阿君无奈，也只好立即跟了上去，两人在树叶凋零的街边柳树下一起快步行走起来。这时，田中又用他那带着令人捉摸不透的微笑着的目光窥视着阿君的脸说道：

"让阿君失望了，听说芝浦的马戏昨晚结束了。所以，今晚到我的熟人家一起吃顿饭吧。"

"是吗？我怎么都行。"

阿君感到田中轻轻地抓住了自己的手，她用充满期待和恐惧的颤抖的声音轻轻地说道。与此同时，阿君的眼里浮现出感动的泪水，就像读《不如归》时那样。透过感动的泪水看到的小川町、淡路町、须田町的街道别提有多美了。岁末大甩卖的乐队音乐、令人眼花缭乱的仁丹广告灯、庆祝圣诞的杉树叶饰品、呈放射状张贴的万国旗、橱窗中的圣诞老人、货摊上摆放的贺年卡和日历——所有这一切在阿君的眼里，都在讴歌着宏大的恋爱的喜悦，并将灿烂夺目，直至世界的尽头似的。今夜的星光也不再冰冷。时而刮来的尘风刚刚卷起大衣的下摆，却又如春回大地般变成暖空气了。幸福、幸福、幸福……

阿君忽然发现两人不知什么时候拐进了小巷，走在狭窄的街上，只见右边有一家小小的蔬菜店，明亮的瓦斯灯下，店里堆着白萝卜、红萝卜、腌菜、葱、小芜菁、慈姑、牛蒡、八头芋、油菜、土当归、莲藕、芋头、苹果、柑橘之类。走过菜店前面时，阿君的视线不觉落在葱堆里插着的价目牌上了。牌上用浓墨胡乱写着"一把四分钱"。现在，所有物价都在暴涨，四分钱一把的葱实在少有。看着这块最便宜的价目牌，阿君那为恋爱和艺术而陶醉的幸福的心里，潜伏着的现实生活突然从昏睡中觉醒了。所谓间不容发就是指这种时候吧。玫瑰、戒指、夜莺、三越旗帜，刹那间从眼前消失殆尽。取而代之的是房租、米钱、电费、煤钱、菜钱、酱油钱、报刊费、化妆品费、电车钱——所有生活费都和过去的艰苦经历一起，如同飞虫扑火般从四面八方向阿君那弱小的心灵涌来。阿君不禁在蔬菜店前停下脚步，留下目瞪口呆的田中，走向瓦斯灯映照下的蔬菜堆。而且，终于伸出纤纤手指，指着标着"一把四分钱"的葱堆，用唱"流浪之歌"[1]般的声音说道："给我来两把。"

尘风吹动的街上，戴着黑色宽檐帽、竖起宽条纹短外套领子的田中，夹着一根镍银柄的细手杖，顾影自怜地站着。从刚才开始，他的脑海中浮现着街道尽头的那座木格门房子。房檐下挂着写有"松之家"的电灯，放鞋的石板湿漉漉的，是一座简易的二层楼建筑。可是，就这么站着，那座雅致的二层楼的影子奇妙地淡下去了，尔后慢慢浮现出插着"一把四分钱"牌子的葱堆。这时想象即刻破灭，一阵尘风过后，如现实生活般辛辣、刺眼的葱味扑鼻而来。

"让您久等了。"

可怜的田中用悲惨至极的眼神，盯着判若两人的阿君的脸。

---

[1] 大正七年前后的流行歌，北原白秋作词，中山晋平作曲。

中分的头发上插着勿忘草簪子、鼻头略显上翘的阿君，就那么用下巴轻轻地按着奶油色披肩，一只手提着两把共八分钱大葱站着，那清澈的眼中闪现着兴奋的微笑。

终于写完了。马上就要天亮了。外面传来带着寒意的鸡叫声。好不容易写完了，为什么反倒觉得郁闷呢？阿君当晚顺利地回到了那家梳头店的二楼。只要她不辞去酒吧女招待的工作，难说今后不再和田中出去玩。想象那时的情景——不，到时再说吧。我现在杞人忧天也是无济于事。哎呀，就此搁笔吧，再见了，阿君。那么，今晚也像那天晚上一样，兴冲冲地从这里走出去，勇敢地——接受评论家的批评吧！

大正八年（1919）十二月

舞 会

我 在 想 焰 火 , 像 我 们 生 命 那 样 的 焰 火 。

一

明治十九年[1]十一月三日晚上,当时十七岁的名门小姐明子和已经谢顶的父亲一起,走上今晚将举办舞会的鹿鸣馆的楼梯。明亮的瓦斯灯下,宽阔的楼梯两侧,近乎人工制作的大朵菊花摆成三重篱笆。最里层是淡红色,中间是深黄色,前面那雪白色花瓣像流苏一样绽放着。并且,菊花篱笆尽头的楼梯上的舞厅里,不断传来欢快的管弦乐声,仿佛无法抑制的幸福的叹息似的。

明子自幼就学过法语和舞蹈。可是,今晚还是有生以来第一次正式参加舞会。所以,她在马车里,对不时搭话的父亲也只是心不在焉地应付着。她的内心正滋生着一种或可形容为愉快的不安的忐忑心理。在马车停在鹿鸣馆前的时候,她不知多少次抬起焦急的眼睛,凝望窗外流逝而去的东京街道的稀疏的灯光。

不过,一走进鹿鸣馆,不久便碰到了一件让她忘掉这种不

---

[1] 明治十九年,西历 1886 年。

安情绪的事。刚上一半楼梯时,两人便赶上了走在他们前面的中国高官。于是,高官一边让开肥胖的身子让两人先过去,一边把吃惊的眼神投向明子。崭新的玫瑰色舞会服装,优雅地系在脖颈上的浅蓝色飘带,还有在浓密的头发上散发着香味的一朵玫瑰花——事实上,那晚明子的打扮,充分具备了开化时代日本少女的美,确实会令那个拖着长辫子的中国高官惊讶。一个穿燕尾服的日本年轻人也匆匆地走下楼梯,在与两人擦肩而过时,也下意识地略微回过头来,将惊讶的一瞥投向明子的背影。尔后,不知为什么,若有所思地用手碰触了一下白色领带,接着穿过菊花丛,急匆匆地向大门走去了。

两人走上楼,在二楼舞厅门口,今晚的主人——留着花白络腮胡须的伯爵胸前佩戴着数枚勋章,与上了年纪的身穿着路易十五式样服装的伯爵夫人一起,落落大方地迎接着客人。明子甚至发现伯爵看到她的打扮时,那老于世故的脸上一瞬间闪现出一丝惊叹的神色。为人随和的明子的父亲,面带着愉快的微笑,向伯爵及其夫人简单地介绍了自己的女儿。她体验到一种害羞和得意交织在一起的感觉。不过,这工夫她还能从高傲的伯爵夫人脸上觉察出一点鄙俗感。

舞厅里也到处都是绽放的菊花。而且,到处都是等待舞伴的妇人们,她们的蕾丝、鲜花、象牙扇在清爽的香水味中,像无声的波浪般扇动着。明子很快与父亲分开,加入到一群光彩夺目的女性中。她们都是穿着相同的淡蓝色或玫瑰色舞会服装的同龄少女。她们欢迎她,像小鸟般喊喊喳喳,一致赞扬她今晚打扮得非常美丽。

可是,她刚加入到这些伙伴们中,就有一位不认识的法国海军军官不知从什么地方悄然走来。尔后,他双臂垂下,彬彬有礼地用日本式礼节打招呼。明子意识到一抹红云染红了面颊。但是,这个招呼意味着什么,不用说非常清楚。所以,她向站在旁边的穿淡蓝色舞会服装的小姐转过头去,请她保管自己手中的扇子。与此同时,令人感到意外的是,这位法国海军军官的脸上浮现出一丝笑意,并用生硬的日语清晰地对她说:"可以请您一起跳舞吗?"

不久,明子和那位法国海军军官跳起了华尔兹《蓝色多瑙河》。军官是一位脸颊晒得黝黑、五官清晰、嘴上边蓄着浓须的男人。她的个子太矮,连把戴着长手套的手搭在对方军服的左肩上都有困难。老练的海军军官巧妙地领着她,在人群中轻松地旋转着舞步,还在她耳边不时地用法语小声地说着温柔的恭维话。

她一边对他温柔的话语报以羞涩的微笑,一边不时地把目光投向他们跳舞的舞厅四周。在印着皇室徽章的紫色绉绸帷幕、张牙舞爪的苍龙翻滚着身躯的中国国旗下,花瓶中的菊花在人流中,有的闪现着轻快的银白色,有的闪现着沉郁的金黄色。而且，人流在香槟酒般喷涌而来的华丽的德国管弦乐的煽动下，没有片刻停止那令人眼花缭乱的摇摆。明子和一位正在跳舞的朋友视线碰在一起，匆忙中相互愉快地点了点头。不过，在那一瞬间，其他舞者已经像大飞蛾发狂般突然出现在眼前。

但是，明子在这期间也知道法国海军军官的眼睛正注意着她的一举一动。那完全说明这个对日本还不习惯的外国人对她的快乐舞姿是多么地感兴趣。这么漂亮的小姐是不是也像偶人般住在纸和竹子建成的房子里？并且，是不是用细细的金属筷子，从巴掌大的青瓷花碗中夹米粒吃？这些疑问似乎多次与和蔼可亲的微笑一起从他的眼神中流露出来。明子觉得有点可笑，同时也觉得有点自豪。因此，每当他的视线不时稀奇地投向脚下时，她那小巧的玫瑰色舞鞋便更加轻松地在光滑的地板上滑行。

不过，军官不久便好像发现这位小猫般的小姐似乎累了，他盯着她的脸体贴地问道："还继续跳吗？"

"Non，merci。"[1]

明子气喘吁吁，这次却这么断然地回答道。

于是，这位法国海军军官一边继续跳着华尔兹，一边从容不迫地带着她，穿过前后左右晃动着的蕾丝和鲜花的波涛，朝靠墙的一瓶瓶菊花那边跳去。转完最后一圈后，他优雅地请她坐到那

---

[1] 法语："不了"之意。

边的椅子上,自己则挺直了穿军装的胸脯,尔后又像刚才那样彬彬有礼地按日本式礼节致意。

后来,他们又跳了波尔卡和马祖卡舞,尔后明子和这位法国海军军官挽着胳膊,穿过白、黄、浅红三色菊花组成的三重篱笆,来到楼下的大房间。

这里,燕尾服和白皙的肩膀来来往往,摆满银餐具和玻璃餐具的几张餐桌,有的盛满了肉类和松露,有的高高地堆着三明治和冰淇淋,还有的筑成了石榴和无花果的三角塔。尤其是房间的一堵未点缀菊花的墙上,有美丽的金色纵横格子,上面缠绕着绿油油的、漂亮的人工葡萄蔓。而且,在葡萄叶中间,挂着如蜂巢般的一串一串紫色葡萄。明子在金色格子前,碰到谢顶的父亲正和年纪相仿的绅士站在一起抽雪茄烟。父亲一见到明子,看似满意地略微点点头,便又面向同伴,开始吸雪茄烟。

法国海军军官和明子走到一张餐桌前,一起拿起冰淇淋的小匙。她在这期间也发觉,对方的眼睛不时地看着她的手、头发和系着淡蓝色飘带的脖颈。这对她而言,当然不是什么不愉快的事。不过,有那么一刹那间,也闪现过女人特有的怀疑。这时,有个身穿黑天鹅绒衣服、胸前别着红茶花的德国人似的年轻女子从两人身旁走过。她为了表示这种怀疑,便发明了这种感叹的说语:

"西方女性真漂亮啊！"

海军军官听了这话，出人意料地认真地摇着头说道："日本女性也很漂亮，特别是您……"

"不会吧。"

"不，不是恭维话。您这样可以马上参加巴黎的舞会，而且，大家都会感到惊讶吧，因为您很像华多[1]画里的公主。"

明子不知道华多。所以，海军军官的话语唤起的美丽的过往幻影——昏暗的森林的喷泉和不断凋零的玫瑰幻影，也将在一瞬间后消失殆尽。可是，敏锐过人的她，在用小匙搅动冰淇淋的同时，并未忘记刚才剩下的另一个话题。

"我也想参加巴黎的舞会。"

"不，巴黎的舞会也和这里的完全一样。"

海军军官一边这样回答，一边环视着两人餐桌周围的人群和菊花。忽然，他的眼里闪现一丝讽刺的微笑，不觉停下搅动冰淇淋的小匙。

"不仅巴黎，什么地方的舞会都一样。"他自言自语似的补充道。

一小时后，明子和法国海军军官还是那么挽着胳膊，与许多

---

[1] 让·安东尼·华多（J. A. Watteau，1684—1721），法国18世纪洛可可时期最重要也是最有影响力的一位画家。

日本人和外国人一起，伫立在舞厅外满天星斗的露台上。

　　隔着栏杆的露台对面，宽广的庭园中的针叶树枝条交错，一片宁静，可见枝头上小红灯笼的点点灯光。而且，在阴冷的空气下面，从庭园飘上来的青苔的气味和落叶的气味微微带上了寂寞的秋天的气息。可是，身后的舞厅里，那些蕾丝和鲜花的人群，仍在印着十六瓣菊花[1]的紫色绉绸帷幕下不停地摇晃着。还有高调的管弦乐旋风，仍在人海中毫不留情地挥动着鞭子。

　　当然，这露台上热闹的说话声和笑声也不断地摇晃着夜晚的空气。况且，当针叶林的夜空升起美丽的焰火时，所有人都几乎喊了起来。明子也站在那里，和身边亲密的小姐们一直轻松地聊着天。不过，过了一会儿，她注意到那个法国海军军官任由明子挽着他的胳膊，正默然地注视着庭园上的星空。在她看来，他这是陷入了淡淡的乡愁。于是，明子仰起头悄悄地注视着他的脸，半撒娇地问道："您是想家了吧？"

　　于是，海军军官转过头来，平静地看着明子，眼里依然含着微笑。他没有说"不"，而是像孩子般摇了摇头。

　　"可是，您好像在想什么。"

　　"猜猜我在想什么。"

　　那时，聚集在露台上的人们又发出一阵风似的嘈杂声。明子

---

[1] 十六瓣菊花是日本的国花。

和海军军官都不再说话，朝庭园针叶树上面的夜空望着。只见红色和蓝色焰火在夜空中呈放射状飞舞，眼看着即将消失。不知为什么，明子觉得这焰火美得几乎令她感到悲伤。

过了一会儿，法国海军军官温柔地俯视着明子的脸，用说教般的口吻说道："我在想焰火，像我们生命那样的焰火。"

二

大正七年[1]秋天，当年的明子在赴镰仓别墅的途中，与有一面之交的某青年小说家偶然同乘一趟火车。当时，青年把一束要赠送给镰仓熟人的菊花放在网架上。于是，当年的明子——现在的H老夫人说每当她看到菊花便会想起往事，对他详细地讲述了记忆中的鹿鸣馆舞会。青年因为听当事人自己讲述这段记忆，自然极感兴趣。

故事结束时，青年无意间问H老夫人："夫人不知道这位法国海军军官的名字吗？"

于是，H老夫人出人意料地回答："当然知道，他叫Julien Viaud[2]。"

---

[1] 大正七年，西历1918年。
[2] 儒理安·维奥（Julien Viaud）是皮埃尔·洛蒂的原名。

"那么,他是 Loti!是那位创作《菊子夫人》的皮埃尔·洛蒂[1]!"

青年感到一种愉快的兴奋。可是,H 老夫人不可思议地看着青年的脸,一个劲地这么嘟囔着:"不,不是洛蒂,是儒理安·维奥!"

大正八年(1919)十二月

---

[1] 皮埃尔·洛蒂(Pierre Loti,1850—1923),法国小说家,曾任法国海军军官,周游世界,到过亚洲、非洲等地。明治十九年访日,曾根据在日本的见闻写过小说《菊子夫人》和游记《秋天的日本》。

秋

她感到自己和妹妹已经永远地成为陌生人了，这想法在信子的心中不怀好意地结了一层冰……

一

　　信子在女子大学时代就有才女的名声。几乎无人怀疑她早晚将作为一名作家登上文坛这点，其中还有人到处宣扬，说信子在学校期间已经写了三百多页的自传体小说等。可是，学校毕业时，信子也面临着复杂的情况，在守寡抚养着连女中都还没毕业的妹妹照子和她自己的母亲面前，她不好这么说任性的话。于是，她不得不在开始写作前，先按世间常规决定婚事。

　　信子有一个表哥叫俊吉。当时还是大学文科的在籍学生，似乎将来也有志于投身作家行列。信子和这位大学生表哥一直往来密切，有了文学这种共同话题后，似乎更加亲密了。只是他和信子不同，对当时流行的托尔斯泰主义等毫无敬意。并且，总是罗列一些从法国引进的讽刺和警句。俊吉这种冷嘲热讽的态度有时会让事事认真的信子生气。不过，她虽然生气，却也能感受到他那些讽刺和警句中有不可轻蔑的东西。

　　所以，她在学校期间也时常和他去展览会或音乐会。当然，大致上这种时候，妹妹照子也结伴同行。他们三人在往返途中毫无顾忌地说笑，只是妹妹照子有时也会被晾在一边。即便如此，照子仍像孩子似的，边走边看橱窗里的阳伞或丝绸围巾什么的，似乎完全未对被冷落一事感到不满。倒是信子一有所察觉，必定转换话题，想立即像原来一样让妹妹也参与聊天。可是，每次总是信子本人先忘了照子。俊吉好像对一切都不介意，依然说着风趣的玩笑话，在令人眼花缭乱的行人中悠然阔步……

当然，在任何人看来，信子和表哥的关系都让人充分预想到他们将来是要结婚的。同学们对她的未来，有人羡慕，有人嫉妒。特别是不认识俊吉者（这实在滑稽）更甚。信子也总是一方面否定他们的推测，另一方面又故意不动声色地暗示确有其事。所以还没毕业时，同学们的脑海中不知何时就清晰地印刻了她和俊吉的身影，宛如新郎新娘的结婚照。

可是，信子毕业后，却出人意料地突然与即将赴大阪某商社工作的高商毕业的青年结了婚。且婚礼后两三天，就和新郎一起去了工作地大阪。据当时去中央车站送行的人说，信子和往常一样，面带愉快的微笑，不断地安慰着动辄落泪的妹妹照子。

同学们全都觉得不可思议。这不可思议的心理，混杂着奇妙的喜悦的情感和与以前截然不同意味的嫉妒的情感。有人对她表示信赖，将一切归咎于母亲的意志。又有人对她表示怀疑，还传言她见异思迁。不过，他们自己也知道这些最终都不过是想象而已。她为什么不和俊吉结婚？在此后的一段时间里，他们只要有机会，必定把这个疑问当成大事来谈论。大约过了两个月，就完全忘记信子了，当然也包括她将创作的长篇小说的传言等。

其间，信子在大阪郊外建立了一个理应幸福的新家庭。他们的家在那一带最幽静的松林中。松脂味和阳光——丈夫总是不在家，这租借的新的二层楼建筑总是充满了生机勃勃的沉默。信子在如此寂寞的午后，有时会莫名其妙地情绪低落，此时便会打开针线盒的抽屉，展开叠放在最底层的粉红色信笺。信笺上用钢笔密密麻麻地写着这样的内容：

"……想到今天是我和姐姐在一起的最后一天，就连写这封信时，眼泪也止不住地流下来。姐姐，请千万、千万原谅我。我在姐姐巨大的牺牲面前，真不知说什么才好。

姐姐是为了我才决定这门亲事的。即使您否认，我也很清楚。什么时候一起去帝国剧场看戏的那个晚上，姐姐问我是不是喜欢阿俊。然后，又说如果喜欢，姐姐一定协助，你就去他那里吧。想必当时姐姐已经读了我理应寄给阿俊的信了。那封信丢失后，我真觉得姐姐可恨。（请原谅！就这一件事，我已觉得非常抱歉。）所以，那天晚上我也把姐姐的善言当成了讽刺。我生气了，并未认真作答，您一定不会忘记。可是，两三天后，当姐姐突然定下亲事时，我想这次即便死了也要道歉，因为姐姐也喜欢阿俊。（别瞒我，我非常清楚。）如果不是为了我，您肯定自己去阿俊那里了。即便如此，姐姐仍然反复对我说没有考虑过阿俊。而且，终于违心地结婚了。我亲爱的姐姐！您还记得我今天抱来一只鸡，让它向即将去大阪的姐姐告别吗？我想让我养的鸡也和我一起向姐姐道歉。这么一来，连一无所知的母亲也哭了……

姐姐，您明天就要去大阪了吧？但是，请永远别忘了妹妹照子，我会每天早上一边喂鸡一边想念姐姐，并暗自落泪……"

每当信子阅读这封少女味十足的信，都会热泪盈眶。特别是想到快从中央车站上车时，照子悄悄地把这封信交给她的样子，心中便涌起难以名状的怜爱之情。可是，她的婚姻是否真像妹妹想象的那样，完全是一种牺牲呢？流过泪后，这种怀疑往往令她更加郁闷。信子为了避免这种郁闷，常常沉浸在愉悦的伤感中。不久，便望着洒遍外面松林的阳光渐渐带上黄昏的色彩。

二

婚后三个月左右，他们也像所有新婚夫妇一样，过着幸福的日子。

丈夫带点女性气质，是个不爱说话的人。但每天从公司回来，晚饭后肯定会陪信子待上几个小时。信子一边打着毛线活，一边也谈论一些近来坊间轰动的小说和戏剧等话题。话语中有时会掺入一些带有基督教气息的、女子大学色彩的人生观。丈夫晚饭小酌后，脸颊泛着红晕，把正在阅读的晚报放在膝头，颇觉新鲜地听着，但从未发表过自己的任何意见。

他们几乎每个星期天都要去大阪或近郊的游览地散心。信子每次乘火车、电车时，看到关西人毫不避讳地随处吃喝，便觉得粗俗。所以，丈夫温文尔雅的态度尤显优雅，这令她感到高兴。事实上。打扮得干净利落的丈夫在那群人中，无论帽子还是西装，又或是红色高勒儿皮鞋，好像都散发着一种香皂般清新的气息。特别是暑假去舞子[1]时，在茶馆遇到丈夫公司的同事，和他们相比，她更是觉得自豪。可是，丈夫似乎对那些粗俗的同事们怀有亲近感。

不久，信子又想起了放下已久的创作。于是，只在丈夫不在家期间，伏案写作一两个小时。丈夫听了这话，温柔的嘴边现出干笑说："你马上要成为作家了吗？"但是，即便面对书桌，笔头却意外地艰涩。她时常发现，自己茫然地以手托腮，忘我地倾听着烈日下松林中的蝉鸣声。

然而，从残暑即将转入初秋时节，丈夫有一天要去公司时，想换下带汗渍的衬领。可是，不巧衬领全都送到了洗衣店了。丈夫平时打扮得干净利落，所以不高兴地沉下了脸，并且一边扣吊裤带，一边一反常态地挖苦道："光写小说可不行。"信子默默地

---

[1] 神户市最西部的海滨。

垂着眼皮,为丈夫弹掉上衣的灰尘。

两三天后的某个晚上,丈夫由晚报上刊登的粮食问题说到能否再节约一点每月的费用,还说:"你也不至于永远是个女学生吧。"信子心不在焉地答应着,一边为丈夫的领饰刺绣。于是,丈夫意外地执拗起来:"就说这个领饰吧,买现成的不是更便宜吗?"絮絮叨叨地说道。她更加无法开口了。丈夫最终也觉得自讨没趣,无聊地读着商业杂志什么的。可是,寝室熄灯后,信子就那么背对着丈夫,小声地说道:"以后再也不写小说了。"丈夫并不作声。过了一会儿,她比刚才更加小声地重复了一遍。尔后,不久传来了哭泣声。丈夫训斥了她两三句。此后,她的啜泣声依然时断时续。不过,不知什么时候,信子紧紧地依偎着丈夫了……

翌日,他们又成为原先那样和睦的夫妻了。

然而,有一天晚上过了十二点,丈夫还没从公司回来。而且终于回来时,丈夫酒气熏天,喝得自己连雨衣都脱不下来了。信子皱着眉头麻利地为丈夫换了衣服。即便如此,丈夫还用僵硬的舌头嘲讽着:"今晚我没回来,你的小说进展不错吧?"这样的话在他嘴里重复了好几遍,像个女人似的。信子那天晚上睡下后,眼泪便簌簌地落下来。这情景要是让照子看见,一定会陪她一起哭吧。照子,照子,我能依靠的只有你了。——信子在心里不时地这么呼唤着妹妹,又为丈夫呼出的酒气所苦,一直翻来覆去，几乎一夜没睡。

可是，翌日自然地又重归于好了。

这样反复了几次，渐渐地进入了深秋季节。不知不觉中，信子很少伏案执笔了，丈夫那时也已经对其文学话题不那么好奇了。他们每晚隔着长方形火盆，开始谈论琐碎的家庭经济以消磨时光。不仅如此，这类话题至少对晚饭小酌后的丈夫而言似乎是最感兴趣的。即便如此，信子还过意不去似的，会时而偷窥丈夫的脸色。可是，丈夫什么都不知道，咬着最近留长的胡须，若有所思地说"如果有个孩子……"之类的话，心情要比平时高兴得多。

从那时开始，在每月的杂志上能够看到表哥的名字了。信子结婚后似乎忘了似的，中断了与俊吉的通信。只是从妹妹的来信中得知其动向——从大学文科毕业了，创办了同人杂志等。她也无意了解更多。不过，看到他的小说刊登在杂志上，那种眷恋之情却一如既往。她翻着那些书页，多少次不禁独自微笑。俊吉在小说中，也像宫本武藏一样，使用冷笑和诙谐这两种武器。可是，不知是不是错觉，她总觉得在表哥那轻松的讽刺背后，潜藏着什么迄今没有的寂寞的自暴自弃的语调。同时，她又为自己的这种想法感到内疚。

从那以后，信子对丈夫更加温柔体贴了。在寒夜的长方形火盆对面，丈夫总能发现她那灿烂微笑的脸。那张脸比以前更显年轻，还常常化着妆。她一边摊开针线活儿，一边回忆着他们当时在东京举行婚礼时的情景。她记得非常清楚，这令丈夫又惊又喜。"你记得真清楚啊！"丈夫这么开玩笑地说道，信子必定默不作声，只用媚眼作回答。不过，为什么如此难忘，她自己也时常在内心感到不可思议。

不久，母亲来信通知信子，妹妹行过聘礼了。母亲还在信中补充说道，俊吉为了迎娶照子，在山手[1]的郊外安了新家。她立即给母亲和妹妹写了祝贺的长信。"时下这边无人照料，无奈婚礼难以参加……"写着这些语句，（她自己也不知道为什么）她自觉运笔不畅。于是，她每每抬眼眺望外面的松林。在初冬的天空下，松树郁郁葱葱。

当晚，信子和丈夫聊了照子结婚的事。丈夫的脸上浮现出惯有的干笑，饶有兴趣地听她模仿妹妹的口吻。不过信子不由得觉得，她是在对自己讲述照子的事。"喂，睡吧。"两三个小时后，丈夫摸着柔软的胡须，懒洋洋地离开了长方形火盆。信子还没决定好送妹妹什么贺礼，正用火筷子在炭灰上写字。这时，她突然抬头说道："不过，挺有意思的，我也要有个妹夫了。""这不是很自然吗？你也有妹妹啊！"即便丈夫这么说，她的眼神依然显得若有所思，并未作任何回答。

---

[1] 位于东京都内中西部，相对于地势较低的老工商业区而言。

照子和俊吉在腊月中旬举办了婚礼。当天将近中午时,雪花开始飞舞。信子一个人吃完午饭,嘴里的鱼腥味总是挥之不去。"东京也下雪了吗?"——信子这么想着,一动不动地靠着昏暗的起居室的长方形火盆。雪越下越大。可是,嘴里的鱼腥味依旧执着地挥之不去……

三

翌年秋天,信子与带有公司任务的丈夫一起踏上了久别的东京的土地。可是,丈夫要在短期内处理多项公务,只是在刚到时在她母亲那里露过一面,之后,几乎再也找不出一天时间带信子外出。因此,她一个人从新建区的电车终点站,坐上人力车一路摇晃着前往郊外妹妹夫妇的新居。

他们家在通往一片葱地的途中,但左邻右里都是出租屋似的新房,一家挨着一家,鳞次栉比。带檐的院门、光叶石楠篱笆,还有竹竿上晾晒的衣物——所有住户完全一样,这平凡的新居景象令信子略感失望。

可是,当她敲门时,应声出来的是表哥,这令她感到意外。俊吉和以前一样,看到这位稀客的面孔,马上愉快地"哎呀!"了一声,信子发现他不知什么时候已不再留短平头了。"好久没见。""来啊,进屋吧,不巧就我一个人……""照子呢?不在家？""办事去了。女佣也去了。"信子莫名其妙地感到有点不好意思，将衬里花哨的大衣轻轻地脱在门厅的一角。

俊吉请她在八铺席大的书房兼客厅坐下，屋里到处都是随意堆放的书籍。特别是午后阳光照射的格子窗旁边，一张紫檀小桌周围胡乱堆放着报纸杂志和稿纸，简直无法收拾。其中唯一能够说明年轻妻子的存在的，只有靠壁龛放着的一台新古筝。信子不住地看着周围这一切，感到非常好奇。

"从信上得知你要来，但不知今天来。"俊吉点了一根香烟，到底还是流露出怀念的眼神。"怎么样？大阪的生活？""阿俊怎么样？幸福吧？"这么三言两语地聊着，信子觉得过去的那份亲切感又复苏了。两年多来不曾通过一封信的令人窘迫的记忆，并没有想象的那样令她烦恼。

两人就着一个火盆，一边伸手烤火一边聊天。俊吉的小说、共同熟人的轶闻、东京和大阪的比较等，话题无穷无尽。可是，两人不约而同地避开了生活问题，这令信子更加强烈地意识到是在和表哥聊天。

不过，沉默有时也会来到两人之间。每到这时，她便微笑着把目光投在火盆的炭灰上，其中有一种不可谓期待的隐约的期待感。于是，不知是故意还是偶然，俊吉总能立即找到话题，从而消除那种心境。她终于忍不住偷看表哥的脸。可是，只见他平静地吸着烟，没有什么特别要掩饰的不自然的表情。

不久，照子回来了，她看到姐姐，高兴得差点拉住姐姐的手。信子唇边泛着微笑，眼里不知什么时候已含了眼泪。两人暂时忘了俊吉，相互询问起去年以来的生活。尤其照子生气勃勃，脸颊红润，甚至没忘记告诉姐姐至今还喂养着的鸡。俊吉叼着香烟，满意地看着两人，依然默默地笑着。

这时女佣也回来了。俊吉从她手中接过几张明信片，便立即面朝一旁的桌子开始奋笔疾书。照子似乎对佣人也不在家一事感到意外，"那么，姐姐来时，谁都没在家吗？""啊，只有阿俊。"信子觉得这么回答时，似乎在强作镇静。于是，俊吉背对着她们说道："你得感谢丈夫。那茶也是我倒的。"照子和姐姐对视了一下，扑哧一声调皮地笑了，却故意不理丈夫。

不久，信子和妹妹夫妻围坐在晚餐桌旁。听照子解释，晚餐的鸡蛋全都是家里的鸡生的。俊吉为信子斟上葡萄酒，并摆出了带有社会主义色彩的理论："人的生活是靠掠夺维持的，小到这个鸡蛋……"可是，这三人中最爱吃鸡蛋的无疑是俊吉本人。照子说他好笑，并发出孩子般的笑声。这种餐桌气氛，也让信子不由得想起远方松林中寂寞客厅的黄昏时刻。

饭后又吃了水果，可话题还是没完。俊吉带着微醉，盘腿坐在长夜的电灯下，搬弄着他那一流的诡辩术。其谈笑风生让信子再次焕发了青春。她目光炯炯地说道："我也开始写小说吧。"表哥并未回答，而是抛出古尔蒙[1]的警句，即这句"缪斯们[2]是女性，所以只有男人才能随心所欲地俘获她们"。信子和照子结成同盟，不承认古尔蒙的权威。"那么，不是女人就不能当音乐家吗？阿波罗[3]不是男人吗？"照子还认真地问了这个问题。

这期间夜已深沉，信子终于决定留宿。

俊吉在就寝前，打开套廊的一扇防雨板，穿着睡衣走到狭小的庭院。尔后，不知对谁呼唤道："出来看看啊，多好的月亮。"信子独自跟了出来，换上庭院的木屐，脱了布袜的脚感到了夜露的寒意。

月亮悬挂在院子角落的一棵枯瘦的扁柏树的树梢上。表哥站在扁柏树下，仰望着微亮的夜空。"草长得很密啊！"信子似乎害怕这荒芜的庭院，提心吊胆地走向俊吉。可是，他仍然看着夜空，只是喃喃自语道："阴历十三了吧？"

沉默了一会儿，俊吉静静地转过脸来说道："去鸡舍看看吧？"信子默默地点头。鸡舍刚好在与扁柏树相反的院子一角，俩人并肩慢慢地走了过去。但是，草席围栅里只有散发着鸡味的朦胧的光与影。俊吉望着鸡舍，几乎自言自语般地对她说道：

---

[1] 雷·德·古尔蒙（Remy de Gourmont, 1858—1915），法国后期象征主义诗坛的领袖，代表作《西茉纳集》。
[2] 希腊神话中主司文艺、音乐、舞蹈等的九位古老文艺女神的总称。
[3] 腊神话中的男神，司音乐、医术、智慧、青春等，是宙斯和勒托之子。

"睡了。""被人拿走了蛋的鸡……"信子站在草地上,不由得作如是想……

两人从院子回来,只见照子坐在丈夫的书桌前,呆呆地看着电灯——那灯罩上仅仅趴了一只青色叶蝉的电灯。

四

第二天早上吃过早饭,俊吉穿上唯一的一件高档西装匆匆地走到门厅,说是要参加亡友的一周年扫墓。"听着,你等着,中午前一定回来。"他一边披上外套,一边叮嘱信子。可是,她只是用娇嫩的手拿着他的礼帽,默默地微笑着。

照子送走了丈夫,便让姐姐坐在长方形火盆对面,并勤快地端茶招呼。隔壁太太的事,来访记者的事,还有和俊吉去看的某外国歌剧团的事……除此之外,她似乎还有各式各样愉快的话题。可是,信子心情沉重。她忽然发现自己总是心不在焉地敷衍着妹妹。这点也终于被照子看在眼里。妹妹担心地注视着她问道:"怎么了?"但是,信子也不清楚是怎么回事。

挂钟敲十点时,信子抬起沉郁的眼睛说道:"看样子阿俊一时还回不来。"听姐姐这么说,照子也抬头看了一下钟表,却只是意外冷淡地回答:"才……"信子觉得那话语中有满足于丈夫之爱的新婚妻子的心。这么想着,她的心情愈发忧郁起来。

"阿照好幸福啊。"信子把下巴埋在衬领中,这么开玩笑似的说道。可是,她实在无法掩饰其中自然隐含着的由衷的羡慕口吻。但是,照子依然天真无邪,一边生气勃勃地微笑着,一边假装瞪着信子说道:"走着瞧!"尔后,又立即撒娇似的补充道:"姐姐明明也很幸福嘛。"这话重重地打击了信子。

她微微抬起眼皮反问道:"你这么认为吗?"问后却又后悔了。照子一瞬间露出奇怪的表情,与姐姐对视了一下。照子的脸上也有难以掩饰的后悔的表情。信子勉强地微笑着:"你这么认为,我也算幸福了。"

两人陷入了沉默,只有挂钟滴答滴答地走着。两人只是有意无意地倾听着长方形火盆上水壶沸腾的声音。

"可是,姐夫对您不好吗?"不久,照子提心吊胆地这么小声问道,那声音中分明带有同情的回响。可是,信子在这种时候最反感怜悯之情。她把报纸放在膝上,低头看着报纸,故意不作回答。和大阪一样,报上也刊登了米价问题。

不久,她听到静静的起居室里似乎有若隐若现的哭泣声。信子从报纸上移开视线,发现长方形火盆对面的妹妹以袖遮面。"为什么哭呢?"无论姐姐怎么劝慰,照子依然不停止哭泣。信子感到一种残酷的喜悦之情,默默地注视了一会儿妹妹抖动的肩膀。尔后,像是担心被女佣听见,看着照子小声地说道:"如果我错了,我就道歉。只要阿照幸福,我比什么都高兴。真的,只要阿俊爱阿照……"她说着说着，便被自己的话语所打动，声音渐渐变得伤感起来。于是，照子突然放下衣袖，抬起沾满泪水的脸。令人感到意外的是，她的眼睛里既无悲伤也无忿怒，只是瞳孔中迸发着难以抑制的妒火。"那么，姐姐——姐姐为什么昨晚也……"还没说完，照子便又把脸埋进衣袖里，歇斯底里地大哭起来……

两三个小时后，信子为了赶到电车终点站，坐上了摇摇晃晃的带篷人力车。她能看见的外部世界，只有前面车篷上开着的方形赛璐珞窗口。从那里可见城关偏僻地区才有的房子和染成黄色的杂树树梢，缓慢地、接连不断地向后逝去。惟有飘浮着薄云、带着寒意的秋空一动也不动。

她的心情是平静的，可是主导这种平静的只是充满寂寞的达观心态。照子发作完之后，和解伴随着新的泪水，轻而易举地使姐妹俩重归于好了。但是，事实毕竟是事实，现在依然萦绕在信子的心中。当她不等表哥回来便乘上这辆人力车时，她感到自己和妹妹已经永远地成为陌生人了，这想法在信子的心中不怀好意地结了一层冰……

忽然，信子抬起眼睛。这时，赛璐珞窗口出现了夹着手杖的表哥的身影，他正行走在脏乱的大街上。她的心动摇了，让车停下来吗？还是就这样相对而过？她抑制住心跳，在车篷里徒然踌躇了许久。不过，俊吉和她的距离眼看着越来越近。他沐浴着微弱的阳光，在有较多水洼的马路上慢慢地行走着。

"阿俊！"这声音一瞬间差点从信子的唇边漏出。实际上，这时俊吉那熟悉的身影已经出现在她的身旁。可是，她又犹豫了。这期间，什么都不知道的俊吉终于与这辆带篷人力车擦身而过。略微污浊的天空、稀疏的房屋、高高的发黄的树梢——还有就是依然行人稀少的城乡偏僻地区的街道。

"秋天……"

信子在凉飕飕的车篷下，感受着彻身的寂寞，不由得深有感触地想。

大正九年（1920）三月

偷　盗[1]

偷盗也好，杀人也好，只要习惯了，就和家传的职业一样。
这么说来，人总是重复着同样的事吧。

---

[1] 此汉字在日语中为佛教用语，源自佛教五戒之一的"戒偷盗"语。

一

"阿婆，猪熊[1]阿婆。"

在朱雀大街和绫小路的交叉路口，一个穿着朴素深蓝色便服、戴着软乌漆帽的二十岁左右、相貌丑陋的独眼武士举着折扇，叫住了正路过这里的老太婆。

七月某日阳光最毒的时候，天气闷热，夏日云霞叆叇[2]的天空屏息般地压着家家户户的屋顶。男子站着的交叉路口有一棵细长的柳树，枝条稀疏，像是染上了最近流行的瘟疫的样子，把瘦弱的影子投在地上。那天，连这儿也没有一丝吹拂树叶的风，更何况烈日暴晒的大路，也许实在酷暑难耐，这阵子也不见行人，只有刚刚驶过的牛车的车辙蜿蜒伸展着，还有被车轮碾过的小蛇，伤口发青，一开始尾巴还颤动着。但不一会儿，肥白的肚皮

---

[1] 京都市的地名。
[2] 读àidài，指的是云彩很厚的样子，形容浓云蔽日。

便翻了上来，一动也不动了。放眼望去，在这个炎热的尘埃弥漫的交叉路口，如果说有一点儿湿润的东西，那是从蛇的伤口流出的腥臭的液体吧。

"阿婆。"

"……"

老太婆慌忙回头，只见她六十岁上下的样子，穿着脏兮兮的褐色单衣，披着发黄的头发，拖着一双半截草鞋，拄着一根长长的蛙腿柄的拐杖，圆眼大嘴，有点像癞蛤蟆似的脸，显得有点卑贱。

"哎呀，是太郎啊。"

老太婆用像被阳光呛住了似的声音这么说着，拖着拐杖后退了两三步，开口说话前，先舔了舔上嘴唇。

"有什么事吗？"

"啊，没什么事。"

独眼在长有浅麻子的脸上勉强挤出微笑，用不太自然的声音快活地说道，"只是想，沙金这阵子在哪里？"

"只要有事，尽是女儿的事，真是乌鸦窝里出凤凰。"猪熊阿婆噘嘴笑着挖苦道。

"没什么事，只是还没听说今晚的安排。"

"安排怎么会变化呢？罗生门集合，时间是亥时上刻，一切都按规矩办啊。"

老太婆这么说着，狡猾地环顾左右，大概是没有行人，放下心来，又舔了舔厚嘴唇："听说女儿大致打探到了家里的样子，说是武士中没有手脚麻利的。详细情况，今天晚上女儿会说吧。"

这个名叫太郎的男子听到这话，在遮阳的黄纸扇下嘲讽般地撇了撇嘴巴。

"那么，沙金又和那边的什么武士热乎上了。"

"你说什么！好像还是扮成商贩什么的去的。"

"不管扮成什么去的，那家伙靠不住。"

"你还是那么疑心重，所以招女儿讨厌，吃醋也要有个度。"

老太婆一边冷笑着，一边举起拐杖戳了戳路边的死蛇。不知什么时候落满的绿头苍蝇一下子飞了起来，却又立刻落回了原处。

"这种事弄不好的话，会被次郎抢走的。被他抢走也行，不过那样的话，事情就闹大了。连老爷子都会经常发火，你就更不用说了吧。"

"我明白。"男子皱着眉头，往柳树根上狠狠地吐了一口唾沫。

"其实你不明白。你现在一副若无其事的样子，可发现她和老爷子的关系时，不是也像发了疯似的吗？老爷子要是稍微逞强的话，马上会和你动刀子的。"

"那都是一年前的事了。"

"不管多少年前都一样。不是说干过一次，就会干三次吗？

要是只干三次,那还算好。像我这样的人,活到这个年龄,同样的傻事不知道干过多少次。"老太婆这么说着,露出稀疏的牙齿笑了。

"说正经的,今天晚上的对手好歹是藤判官[1],已经准备好了吗?"

太郎那被太阳晒黑的脸上露出焦躁不安的神情,他转换了话题。

这时,或许一块云团遮住了太阳,周围一下子暗了下来,只有死蛇肚皮的脂肪显得更加刺眼。

"什么藤判官?充其量有那么四五个小武士,可我也有多年练就的本领。"

"啊,阿婆你厉害啊。那么,这边多少人?"

"和平时一样,男的二十三个,外加我和女儿两个。阿浓那个身子,就让她在朱雀门等着。"

"这么说来,阿浓快临产了吧。"

太郎又嘲讽般地撇了撇嘴。几乎与此同时,云影消失,大路突然恢复了原先刺眼的光亮。猪熊阿婆也挺起腰杆,发出一阵拂晓时分的乌鸦鹄噪般的笑声。

"那个蠢货,谁占了她的便宜?当然,阿浓对次郎痴心不改,

---

[1] 藤原氏中担任检非违使者,即警察司法总监三等官的通称。

不会是那小子吧。"

"别盘查了,那个身子干什么都不方便。"

"其实也有办法,可她不同意,实在没辙。结果我一个人通知大伙儿,还要去真木岛的十郎、关山的平六、高市的多襄丸三家。哎呀,这么说来,和你聊天的工夫,都快未时了,你也听腻了我的唠叨吧。"

老太婆这么说着,蛙腿柄的拐杖也同时动了起来。

"可是,沙金呢?"

这时,太郎的嘴唇令人不易觉察地略微抽搐了一下,但老太婆似乎并未察觉。

"今天大概在我猪熊的家里午睡吧,昨天前还不在家呢。"

独眼定睛看着老太婆,然后平静地说道:"那么,天黑后再见吧。"

"再见,你也抓紧时间好好睡个午觉吧。"

猪熊阿婆一边口齿伶俐地回答着,一边拖着拐杖迈开了步子。沿着绫小路向东,那像猴子似的穿着单衣的样子,草鞋跟在身后扬起尘土,顶着烈日,一路走去。男子看着老太婆离去,渗出汗水的额上显出凝重的神情,又往柳树根上吐了一口唾沫,尔后慢慢地转过身子。

二人分手后,落在死蛇上的绿头苍蝇在阳光下发出轻微的嗡嗡声,乍飞又停……

二

猪熊阿婆发黄的发根已被汗水湿透,她不顾落在脚上的夏日尘土,拄着拐杖走了。

这是一条走惯的路,但与自己年轻时相比,到处都发生了令人难以置信的变化。想起自己还在台盘所[1]当佣人——不,想起意外地被那个与自己身份悬殊的男人勾引,终于生下沙金时的事。现在的京城徒有虚名,当时的风貌几乎荡然无存。当时牛车往来频繁的路上,现在只有蓟花在向阳处寂寞地开放着。残破的木板墙内,无花果结出青绿的果实,成群的乌鸦白天也聚在干涸的池塘里,一点儿也不怕人,而且自己也不知不觉地头发白了,皱纹多了,最后成了弯腰驼背的老人。京城已非昔日的京城,自己也非昔日的自己了。

而且不仅外表变了,心也变了。记得第一次知道女儿和自己现在的丈夫的关系时,自己又哭又闹。可是,后来觉得这也是自然之事。偷盗也好,杀人也好,只要习惯了,就和家传的职业一样。就像京城大街小巷里生长的野草,自己的心也已经被伤到不知痛的程度。可是,从另一个角度看,一切似乎变了,却又没变。女儿现在干的事和自己过去干的事其实很相似。那个太郎和

---

[1] 宫中的厨房。

次郎，他们干的事也和自己现在的丈夫年轻时干的事没有什么两样。这么说来，人总是重复着同样的事吧。这么想来，京城还是昔日的京城，自己也还是昔日的自己……

这种想法漠然浮现在猪熊阿婆的心头。也许沉浸在伤感的情绪中，她的圆眼睛变得柔和，癞蛤蟆似的脸上的肌肉也不觉松了下来。这时，老太婆布满皱纹的脸上突然露出生动的笑容，更快地拄着蛙腿柄的拐杖。

她也必须加快脚步，在前面不到十米远的地方，在路和芒草芜杂的原野（这里原先也许是谁家的大庭院）之间，有一堵快要坍塌的板心泥墙，里面有两三棵已过了花期的合欢树，在烈日下的绿瓦上垂挂着无精打采的红色花朵。树下搭着一间四角支着枯竹、以旧草席为墙的孤零零的古怪的小屋。无论从地点还是从外观看，都像是乞丐栖身之处。

尤其引起老太婆注意的是，在小屋前抱着胳膊站着的一个十七八岁的年轻武士，他身穿枯叶色的便衣，腰挎黑鞘长刀，不知为什么窥视着屋里。老太婆从他那幼稚的眉宇间透出的尚未脱尽的孩子气以及憔悴的脸颊，一眼便认出了他。

猪熊阿婆走到他身边，停下蛙腿柄的拐杖，一边扬起下巴一边叫道："你在干什么，次郎？"

次郎吃惊地转过头来，看到她满头白发下的癞蛤蟆似的脸上正舔着厚嘴唇的舌头，便露出白牙微笑了，默默地朝小屋里指了指。

小屋的地上直接铺着一张破旧的榻榻米,一个四十岁左右的小个子女人头枕着石头躺在上面。她几乎全身赤裸,只有一件麻布汗衫盖在腰间。只见其胸部、腹部发黄肿胀,似乎用手指一按,就会流出带脓血的液体。借着从草席裂缝射入的日光,只见其腋下和脖颈处有烂杏般的紫黑色斑块,似乎正散发着难以言状的恶臭。

枕头边扔着一个边口残破的陶器(看底部粘有饭粒,原先大概是盛粥的)。不知是谁的恶作剧,里面整齐地放着五六块沾满泥土的石块。而且,正中间插着一枝花叶干枯的合欢花,也许是模仿在高座漆盘垫纸装饰的情趣吧。

看到这些,刚强的猪熊阿婆也皱起眉头往后退去,而且就在那一瞬间,脑海里浮现出刚才看到的那条死蛇。

"这人怎么啦?是得了瘟疫吧?"

"是的,大概是附近什么人家看她实在不行了,就扔来了。这样子扔哪里都不好办。"次郎又露出白牙笑了。

"可是,你为什么在这里看?"

"啊,我刚路过这里,看见两三条野狗好像找到了什么好吃的东西,要吃她的样子,就用石头把野狗赶跑了。我要是不来,这会儿也许一只胳膊已经被吃掉了。"

老太婆把下巴支在蛙腿柄的拐杖上,又认真地观察一遍女人的身体。从破旧的榻榻米上，向路上的沙石斜伸出的两只胳膊，水肿苍白的皮肤上，印着三四个尖利的发紫的牙印。说差一点儿被狗吃掉的就是这只胳膊吧。可是，女人紧闭着眼睛，不知是否还有呼吸。老太婆再次感到一阵强烈的厌恶感扑面而来。

"究竟是活着，还是死了？"

"不知道。"

"这人想得开啊，要是死了，被狗吃了也没什么。"

老太婆说完，伸出蛙腿柄的拐杖，远远地捅了一下女人的脑袋。那脑袋离开枕着的石头，一下子落在榻榻米上，头发拖在了沙石上。可是，病人仍然闭着眼睛，脸上的肌肉纹丝不动。

"你这么做也白搭。刚才狗要吃她，她也是纹丝不动。"

"那不就是死了？"

次郎第三次露出白牙笑了。

"即便死了，被狗吃掉也太惨了。"

"有什么惨的？人死了，就是被狗吃了，也不觉得痛。"老太婆拄着拐杖踮起脚，一边睁圆了眼睛，嘲笑般地说道。

"就算没死，这种奄奄一息的样子，还不如索性让狗咬断喉咙来得痛快。反正这样子，就是活着也没多长时间了。"

"可是，也不能眼看着人被狗吃掉吧。"

于是，猪熊阿婆舔了一下上嘴唇，一副目中无人、不屑一顾的样子。

"可是,你们不都满不在乎地看着人杀人吗?"

"说来也是。"

次郎略微挠了一下鬓角,第四次露出白牙笑了,尔后和蔼地看着老太婆的脸,问道:"阿婆,你这是去哪里啊?"

"真木岛的十郎、高市的多襄丸——啊,对了,关山的平六那边,托你带个口信吧。"

猪熊阿婆这么说着,已经拄着拐杖走出两三步了。

"啊,可以走一趟。"

次郎也终于不顾病人的小屋,和老太婆肩并着肩,慢慢地走在烈日炎炎的路上。

"看到那个人,心情糟透了。"老太婆夸张地紧皱着眉头说道:"嗯……你也知道平六家吧?顺着这条路一直往前走,在立本寺门前往左拐,那是藤判官的宅邸,再往前走差不多一町[1]就到了。你顺便在宅邸周围也转一转,为今晚做好准备。"

"其实我到这里来,原本就是为了这个目的。"

"是嘛,你真聪明。你哥哥那副长相,弄不好就会被人家看出来,所以不能让他去看地形,你就没有问题。"

"真可怜,我哥被阿婆这么一说,吃不消啊。"

"你说什么?我算说他好话最多的了。要是老爷子,还会说

---

[1] 约109米。

些对你说不出口的事。"

"那是因为有那件事。"

"就是有,不是也没说你坏话吗?"

"这么说来,大概是把我当孩子看吧。"

两人这么一边闲聊,一边走在狭窄的街道上。每走一步,京城就愈发显出荒凉衰败的景象。房子和房子之间杂草丛生,草丛散发着热气,随处可见残破的瓦顶板心泥墙,还有不多的几棵松树和柳树旧貌犹存。放眼望去,在隐约飘荡着的死尸味中,到处都令人感到这是一座行将毁灭的大都市。路上只遇到一个人,那是手上套着木屐爬行的乞丐。

"不过,次郎,你要注意啊。"猪熊阿婆忽然想起太郎的那张脸,不觉苦笑着说道。

"你哥哥可能也迷上我女儿了。"

不过,这句话对次郎心理的影响似乎远比自己想象的要大得多。他那清秀的眉宇间忽然蒙上了阴影,不快地垂下了眼皮。

"我也注意着。"

"即便注意……"老太婆对次郎如此急剧的情绪变化略感吃惊,又舔了几下嘴唇,小声地说道:"注意了也没用。"

"可是,哥哥有他自己的想法,我有什么办法。"

"这么说也太露骨了吧。其实,我昨天见了女儿。不是说今天未时下刻在立本寺门前和你见面吗?而且,有近半个月没让你哥和她见面了。太郎要是知道这件事，又要和你吵吧。"

次郎默不作声，只是焦躁不安地点着头，像要打断老太婆的侃侃而谈。但猪熊阿婆并没有就此打住的意思。

"刚才在那边的交叉路口碰见太郎时，我也对他说了，要是那样的话，我们自己人之间不是要动刀子了吗？我只是担心要是真动起刀子，万一有个闪失，伤了女儿，那可怎么办？女儿就是那种脾气，太郎也是个死心眼，所以我想托付给你。因为你心地善良，连死人被狗吃都不忍心看。"

老太婆这么说完，故意沙哑着嗓门笑了起来，像是为了克制心中突然产生的不安心理。但次郎仍然阴沉着脸，好像略有所思似的，耷拉着眼皮走着。

猪熊阿婆一边赶紧拄着蛙腿柄的拐杖加快脚步，一边在心底里虔诚地祈祷："最好别出大事……"

差不多就在这时，街上的三四个孩子用树枝挑着死蛇，正从病人躺着的小屋外面走过，其中一个淘气的孩子弯着腰，远远地把死蛇朝女人的脸上扔去。死蛇那发青泛油的肚皮刚好落在女人的脸颊上，流着臭水的尾巴耷拉在她的下巴上。孩子们叫了起来，吓得四散而逃。

那是因为像死人般纹丝不动的女人，这时突然睁开松弛蜡黄的眼皮，腐烂的蛋清状的眼睛呆滞地盯着空中，一根沾满沙土的手指轻轻地颤动了一下,干裂的嘴唇深处发出微弱的声响,不知是叹息还是呼吸。

三

猪熊阿婆走后,太郎一边不时地用扇子扇着风,一边顶着烈日,沿着朱雀大路慢慢地向北走去。

白天的路上行人也极少。一个头戴蔺草笠遮阳的武士骑着配有平纹[1]马鞍的栗色马,慢悠悠地走过,他的身后跟着肩挑铠甲箱的仆从。他们走过后,只有匆忙的燕子闪着白色的肚皮,时而从大路的沙土上掠过。木板屋顶、丝柏皮屋顶上空的火烧云也一直纹丝不动,依然发挥着熔金铸铁的威力。两旁的人家都悄然无声,仿佛木板门窗或草帘后面的人们全都死绝了似的。

(正如猪熊阿婆说的,沙金被次郎抢走的危险已经迫在眉睫。那女人——现在甚至委身于养父的那女人厌弃麻子脸、独眼、丑陋的自己,而移情别恋于虽然被太阳晒黑,却五官端正的年轻的弟弟,这原本没什么不可思议的。自己只是坚信次郎——这个从小跟着自己的次郎能够体察哥哥的心,慎重行事,即便沙金主

---

[1] 一种漆器装饰法。奈良时代从中国传入,平安时代盛行。

动伸手,也能拒绝对方的诱惑。可是现在想来,这不过是高估了弟弟的一厢情愿的想法。自己的错误在于,与其说把弟弟看得过高,不如说太小看沙金卖弄风骚的本领。不仅次郎,那女人一个眼神,为之粉身碎骨的男人比这烈日里飞翔的燕子还要多。就说自己吧,只见了她一次,就这么神魂颠倒……)[1]

这时,一辆装饰着红色捻绳的女式牛车在四条坊门的十字路口,从太郎面前慢慢地向南驶去。虽然看不见车里的人,但挂在帘子内侧从上到下渐次变成深红色的生丝帷帐,在荒凉的街上显得格外妖艳。随行的牛童和杂役仆从奇怪地看着太郎,只有牛低垂着犄角,目不斜视,沉着地摆动着黑漆般的脊背慢吞吞地走着。但是,太郎正沉浸在漫无边际的思绪中,只看到在日光下闪闪发亮的金属车具。

他停下脚步,让牛车先过,尔后又单眼看着路面,继续默默地走着。

(想起自己在右监狱当捕快的事,便觉得那已是遥远的过去了。今昔相比,连自己都觉得自己判若两人。那时候,自己既不

---

[1] 此处括号依据原文,以下不赘。

忘礼敬三宝[1]，又严格遵守王法。然而现在，盗窃放火，无所不为。甚至杀人，也不止干过两三次。啊，过去的自己总和那些差役伙伴们聚在一起赌博，玩得兴高采烈。现在看来，那时的自己是何等幸福啊。

现在想来，依然像昨天一样历历在目，但那已是一年前的事了。那女人因犯盗窃罪，被捕尉送进右监狱。一次偶然的机会，我和她隔着牢门攀谈起来。尔后随着攀谈次数的增加，双方开始把各自私事告诉对方。最后终于发展到猪熊阿婆和同伙劫狱，把那女人救了出去，自己却视而不见，放走他们了。

从那晚开始，我多次出入猪熊阿婆的家。沙金估摸着我快到时，就从板窗探视傍晚时分的街道。一看见我的身影，她便模仿老鼠的叫声，让我进去。家里除了女佣阿浓，没有别人。不久，拉上板窗，点亮油灯，并在小小的榻榻米房间里，摆满木制方盘和高座漆盘，两人亲密无间地畅饮，最后又哭又笑，吵了又和好如初，就像世上的所有恋人那样，总要闹到天亮。

日暮而来，黎明时分归去[2]。这样的日子大概持续了一个月，我渐渐地了解到沙金是猪熊阿婆带来的孩子，如今是二十多人的盗窃团伙的头领，经常在京城内骚扰滋事，而且平时还出卖

---

[1] 原指佛教的佛、法、僧三宝，此处指佛教。
[2] 日本古代的访妻婚，以丈夫往来妻家的形式维系婚姻关系。

色相，过着傀儡艺人般[1]的生活。但这一切反而使这个女人如同绘画故事中的人物那样，笼罩着不可思议的光环，毫无卑微的感觉。当然，她时常拉自己入伙，但自己始终没答应。于是，那女人骂自己是胆小鬼，瞧不起自己，自己为此经常发火……）

"驾！驾！"传来吆喝马的声音，太郎赶紧让开路，

脚夫只穿一件汗衫，拉着一匹左右各驮两袋大米的马，从三条坊门的交叉路口拐弯，也顾不上擦汗，沿着烈日炎炎的大路向南走来。马的黑影印刻在地面上，一只燕子轻轻地扇动着羽毛，掠过影子斜飞上天，接着又像抛出的石子般俯冲而下，从太郎的鼻尖前横穿而过，飞进了对面的木板檐下。

太郎一边走，一边不时吧嗒吧嗒地扇着黄纸扇。

（这样的日子断断续续地持续着，自己偶然发现了沙金和她养父的关系。可是，我也知道自己并非唯一放纵沙金的男人。甚至沙金本人也多次自豪地对我说过与其有染的公卿的名字。不过，我想那女人也许和很多男人有过关系，但她的心只被自己独占。对，女人的贞操不在身体。我确信这一点，以克制自己的嫉

---

[1] 旧时表演傀儡的女性漂泊艺人也兼卖春，所以后世把娼妓等也称作傀儡女。

妒。当然,这也许不过是我不知不觉间学到的她的想法。但不管怎样,这么想来,自己痛苦的心灵会得到几分缓解,但她和养父的关系另当别论。

自己觉察到这件事的时候,内心非常不快。对于干出这种事的父女俩,就是杀了也不能解心头之恨。对此熟视无睹的亲生母亲猪熊阿婆,也是畜生不如的无耻之徒。自己这么想,每次见到那个醉鬼老头,不知有多少次把手按在刀柄上。不过,沙金每次都当着我的面无情地嘲弄养父。奇怪的是,这种拙劣的手法又让自己的心软下来,只要她说:"我非常讨厌父亲。"自己即便恨她养父,却怎么也不恨沙金。所以,自己和她养父虽然互相敌视,却至今相安无事。如果那老头再勇敢一点儿,不,如果自己再勇敢一点儿,我们之间也许有一个人早就死了……)

抬头一看,太郎不知不觉已经拐过二条街,来到耳敏川的小桥前面。干涸得只有一条细流的河水像锐利的刀刃反射着阳光,穿过断断续续的柳树与房屋之间,发出潺潺的水声。远远的下游,有两三个黑色的东西,像鱼鹰般搅乱了水流,那大概是城里的孩子们在玩水吧。

幼时的记忆瞬时浮现在太郎的心头。他和弟弟一起在五条桥下钓雅罗鱼的记忆,像这炎热天里的一丝凉风,唤起一阵悲伤、依恋之情。可是,他和弟弟都已经不再是过去的他们了。

太郎过桥的时候,有些麻子的脸上又掠过一丝严肃的神情。

(那时候,弟弟任筑后[1]前司[2]的小舍人[3]。突然有一天,我接到通知说弟弟因盗贼嫌疑被关进了左监狱。对于自己这个假释当差者而言,比谁都清楚狱中之苦。想到弟弟身体还很稚嫩,不由得心急如焚。于是,和沙金商量,她若无其事地说:"劫狱不就得了。"一旁的猪熊阿婆也这么极力怂恿。我终于下定决心,和沙金一起召集了五六个盗贼。那天夜里,我们冲进监狱,轻而易举地救出了弟弟。当时,我受的伤至今胸口还有伤痕。但更让我难忘的是,我当时第一次杀了一个当差的,那男人的惨叫声,还有那血腥味至今记忆犹新。在今天这样闷热的空气里,我似乎还能感到当时的惨状。

从第二天开始,我和弟弟为避人眼目,躲在猪熊的沙金家。只要犯过一次罪,今后无论是老老实实做人,还是继续为非作歹,在执法者的眼中都是一样的。反正早晚都要死,那么就尽量多活一天吧。于是,自己终于听从沙金的话,和弟弟一起入伙当了盗贼。从此杀人放火,无恶不作。当然,开始的时候也太情

---

[1] 今福冈县南部。
[2] 即前任国司。
[3] 公卿等的小差役。

愿，但干起来却意外地发现并不费事。不知从什么时候开始，我觉得干坏事也许是人的本性……）

太郎几乎无意识地在交叉路口拐了弯。交叉路口有一座土坟，四周用石头堆成一圈，上面并排立着两个塔形墓碑，暴露在午后的阳光下。塔形墓碑底部趴着几只蜥蜴，那煤烟灰一样黑色的身体令人恶心。也许被太郎的脚步声惊动了，还没等他靠近，便窸窸窣窣起来，尔后一溜烟地四散逃去了，但太郎看都没看它们一眼。

〔自己坏事越干越多，对沙金也越来越爱。不论杀人还是偷盗，都是为了那女人。就说劫狱，除了想救弟弟外，还因为害怕沙金笑话自己对唯一的弟弟见死不救。想到这里，更加觉得自己无论失去什么，也不能失去那女人。

自己的亲弟弟现在要抢走沙金，那个自己拼死相救的次郎要抢走沙金。自己甚至搞不清楚，是要抢走呢，还是已经抢走了。自己从不怀疑沙金的心，那女人勾引别的男人，也作为干坏事之需而默许了。她和养父的关系，自己认为是那老头子凭借父亲的权威，在她一无所知的情况下进行了诱惑，也就视而不见，以求平安。可是，她和次郎的关系则另当别论。

自己和弟弟的性格表面上好像不一样，其实差不多。当然，由于七八年前的那场天花，自己病情重，弟弟病情轻，造成了容貌上的差异。次郎天生样貌没有受损，成了一个美男子。而我瞎了一只眼，有了残疾。如果说自己这个丑陋的独眼龙一直抓着沙金的心（这也是我的自负吗？），那肯定是因为我灵魂的力量。而且，相同父母所生的弟弟也会和自己有同样的灵魂。何况无论在谁看来，弟弟都比我英俊。沙金迷上弟弟，原本理所当然。而且，设身处地地想一想，次郎终归抵挡不住那女人的诱惑。不，我始终对自己丑陋的长相感到自卑，所以和沙金在一起时，自然比较节制。即便如此，自己仍然发疯般地热恋着沙金。何况自知英俊的次郎怎么会对那女人的卖弄风骚无动于衷呢？

这么想来，次郎和沙金走近也是合情合理的。不过，正因为合情合理，自己才更加痛苦。弟弟要从自己身边把沙金抢走。而且，总有一天，肯定要从自己身边抢走沙金的一切。啊，我失去的不只是沙金一个人，连弟弟也要一并失去。取而代之的是出现一个名叫次郎的敌人。我对敌人毫不留情。敌人对我也毫不留情吧。这样的话，结局不言自明，要么杀死弟弟，要么自己被杀死……〕

太郎突然闻到一股强烈的腐尸味，不由得吃了一惊。然而，他心中的死亡还没有腐臭。只见猪熊的小巷处，有个竹栅下摆起来扔着两具腐烂了的赤裸的小孩尸体。也许由于烈日的暴晒，变色的皮肤上到处露出一块块发紫的肉,上面落着不少绿头苍蝇。不仅如此,其中一个面朝下的孩子,脸上已有捷足先登的蚂蚁了……

眼前的这一切,让太郎觉得仿佛看到了自己的结局,便情不自禁地咬紧下唇……

(特别是这一阵子,沙金也躲着自己。偶尔见面,也没有一次好脸色,还时常对我说些难听话。自己每次都火冒三丈,也打过踢过她。但在打她踢她时,总觉得是在自我折磨。这也是理所当然的。自己二十年的人生都藏在沙金的那双眼睛里。所以,失去沙金,就是失去整个自己。

失去沙金,失去弟弟,而且最终也失去自己。也许自己失去一切的时刻已经到来……)

这么想着,不觉已经来到猪熊阿婆挂着白色布帘的家门口。这里还能闻到死人味。但门旁有一棵枇杷树,暗绿色的叶子把影子洒在窗户上,透着一丝凉意。不记得自己多少次从这棵树下走进这个门口,可是今后呢?

太郎突然感到一种精神疲劳,沉浸在一缕伤感中,眼里现出泪花,悄悄地走近门口。于是,就在这时,从屋里突然传来女人尖锐的声音,还夹杂着猪熊老头的声音。如果是沙金,绝不能置之不理。

他掀起门口的布帘，急忙一脚迈进昏暗的屋里。

四

次郎告别了猪熊阿婆，心情沉重地一级级登上立本寺的石阶，走到朱漆剥落的圆柱下面，疲倦地坐了下来。炎热的夏日太阳被斜伸出来的高高的瓦顶挡住，照不到这里。向后看去，只见昏暗中一尊金刚力士脚踩青莲花，左手高举铁杵，胸前落着鸟粪，寂然地守护着正午时分的寺院。次郎走到这里，心情才平静下来，觉得能够考虑一下自己的心事了。

烈日依然照耀着眼前的大路。燕子在空中飞翔，羽毛闪烁着黑缎般的亮光。一个打着大遮阳伞、穿着白色便服的男人，拿着夹在青竹文杖中的文件，一副酷热难耐的样子。他慢慢地走过后，长长的瓦顶板心泥墙上就连狗影子都没有了。

次郎抽出插在腰间的扇子，用手指把黑柿木扇骨一根根地打开又合上，脑海中回想着自己和哥哥的关系。

自己为什么非得这么痛苦？就这么一个哥哥，还把自己当敌人。每次见面，即便自己先开口说话，他也是爱理不理的样子，根本谈不下去。从自己和沙金现在的关系看，这也是可以理解的，但自己每次和那女人见面，总觉得对不起哥哥。尤其见面后更觉寂寞，越发觉得哥哥可怜，常常暗自落泪。实际上，甚至曾经想过就这么离开哥哥和沙金，去关东一带。那样的话，也许哥哥就不会憎恨自己，自己也会忘记沙金。这么想着，便去见哥哥，打算不露声色地辞行，但哥哥依然冷若冰霜。而且，一见到沙金，所有的决心都化为乌有。可是，自己每次都会感到自责。

但是，哥哥不知道我的痛苦，只是一心认定自己是情敌。我可以被他骂，可以被他在脸上吐口水。或者，在某种情况下，甚至可以被他杀了。可是，我只希望他知道自己多么憎恶自己的不义，多么同情哥哥。只要哥哥理解我，他如何处死自己，自己都心甘情愿。不，比起现在的痛苦，索性一死了之，也许更幸福。

自己热恋着沙金，同时又憎恨她。一想到那女人水性杨花的秉性，自己便满腔怒火。而且，她经常撒谎。还有连哥哥和自己都下不了手的那种杀人行径，她却满不在乎。有时看着她淫荡的睡相，我想自己为什么会如此迷恋这样的女人？尤其看到她和素不相识的男人也肌肤相亲时，真恨不得亲手杀了她。自己对沙金如此恨之入骨，但一看到她的眼睛，却还是陷入她的诱惑。没有一个女人像她那样，同时拥有丑恶的灵魂与美丽的肉体。

自己对沙金的憎恶之情，哥哥似乎也不知道。不，哥哥似乎原本就不像我那么憎恨那野兽般心灵的女人。比如，看到沙金和其他男人有关系，哥哥和自己的观点完全不同。无论她和什么人在一起，哥哥总是保持沉默。似乎认为她是逢场作戏而采取宽容的态度。但自己绝不这么认为。对自己而言，沙金玷污身体，同时也是玷污心灵，甚至比玷污心灵更严重。当然，我也绝不容许她见异思迁。然而，委身其他男人比见异思迁更令人痛苦。正因为如此，我也嫉妒哥哥。既感到歉疚，又感到嫉妒。这么看来，哥哥和自己的恋情，出发点完全不同。而这种差异更加导致两人关系恶化……

次郎呆呆地眺望着大路，一边认真地想着心事。就在这时，从路上什么地方突然传来一阵尖利的笑声，振动了刺眼的日光。女人的尖声和含糊不清的男人的声音混杂在一起，旁若无人地开着轻薄的玩笑。次郎不禁把扇子插到腰间站了起来。

可是，他离开柱子，正要迈步走下石阶时，只见一男一女沿着小巷向南而来，从他面前走过。

男子身穿苏芳色武士礼服，头戴软乌漆帽，松松垮垮地佩挂着凸纹柄的长刀，年龄三十岁上下，好像喝醉了的样子。女人穿着白地浅紫花纹的衣服，头上戴的市女笠[1]上罩着罩衫。但无论从声音，还是从行为举止看，显然是沙金。次郎一边走下石阶，一边紧咬着嘴唇，避开着视线，但两人看也没看次郎一眼。

"那你答应，一定别忘了。"

---

[1] 原本是行商女子戴的斗笠，日本平安中期贵族女子外出用，男子也可雨天使用。由菅草等编成，顶部凸起。

"没问题,既然答应你了,你就放宽心吧。"

"我可是拼了命的,所以必须这么叮咛。"

男子张开略有红胡须的嘴巴笑起来,笑得几乎能看到喉咙,一边用手指轻轻捅了一下沙金的脸颊。

"我也是拼了命的。"

"说得真好听。"

两人从寺院门前走过,走到刚才次郎与猪熊阿婆分手的交叉路口,停下脚步,旁若无人地互相调戏了一阵子。不久,男人边走边回头,像是逗弄着什么,从交叉路口向东拐去了。女人转过身,一边咮咮笑着,一边往回走。次郎站在石阶下,不知内心感到高兴,还是感到羞愧,像孩子般红着脸,望着沙金那从罩衫内露出的黑色大眼睛。

沙金解开罩衫,露出汗津津的脸,笑着问道:"看见刚才那家伙了?"

"没看见。"

"那家伙啊……哎呀,在这儿坐坐吧。"

他们并排坐在石阶最下面的台阶上。幸好,门外唯一的一棵细长弯曲的红松的影子落在这里。

"那是藤判官那儿的武士。"沙金将坐未坐时,摘下市女笠说道。她是个二十五六岁的小个子女人,手脚像猫一样敏捷灵活,不胖不瘦。她的脸可以说是将可怕的野性与异常的美丽融于一体吧，狭窄的额头和丰腴的脸颊、漂亮的牙齿和性感的嘴唇、锐利的眼睛和优雅的眉毛，这一切原本难以搭配在一起，却不可思议地融为一体，且无可挑剔。尤其是那一头披肩发，在阳光的照射下，成为乌黑闪亮的青丝，宛如鸟羽。次郎甚至有点憎恶她那一成不变的妖冶的样子。

"那是你的情人吧？"

沙金眯缝着眼睛笑了起来，天真地摇了摇头。

"再也没有比那家伙更愚蠢的了。只要是我说的话，便像狗一样听从，所以全都知道了。"

"知道什么了？"

"知道什么？就是藤判官宅邸的情况啊。他简直是滔滔不绝，连最近买马的事都告诉我了。对了，让太郎把那匹马偷出来吧，说是陆奥产的三岁马驹，还可以吧。"

"是呀，哥哥对你的话总是唯命是从。"

"真可恶，我最讨厌别人吃醋。而且，太郎也是，一开始我也介意，但现在已经没什么了。"

"说不定将来我也会这样吧？"

"那就不知道了。"沙金又尖声笑了起来。

"生气了？那么，就说不会吧。"

"你这个人，真是内心像母夜叉。"

次郎皱着眉头，捡起脚下的石子扔了出去。

"也许我就是母夜叉。可迷上我这个母夜叉,也是你的命。还在怀疑?那就随你的便吧。"

沙金说完,盯了一会儿大路,突然目光锐利地转向次郎,嘴角掠过一丝冷笑说道:"你这么怀疑的话,告诉你一件好事吧。"

"好事?"

"是的。"

沙金把脸靠近次郎,淡妆的气味伴着汗味扑鼻而来。次郎感到一阵强烈的冲动,仿佛全身发痒似的,情不自禁地把脸转向一边。

"我把什么事都告诉他了。"

"告诉什么?"

"就是今晚大家去藤判官宅邸的事。"

次郎简直不相信自己的耳朵,令人窒息的感官刺激也在一刹那间消失了。他只是半信半疑地、茫然地看着她的脸。

"没什么大惊小怪的,这没什么嘛。"沙金略微压低了声音,用嘲笑般的口吻说道。

"我是这么说的。我睡觉的房间就在面向大路的板墙旁边,昨天夜里听见五六个人,肯定是小偷吧,在板墙外商量说要进你那里。而且,就在今天晚上。因为关系好,我才告诉你的。你要是不好好戒备就危险了。所以,今天晚上对方肯定做好准备。那家伙现在也召集人去了,说是召集二三十个武士没问题。"

"你为什么又多此一举呢？"

次郎依然无法平静下来，疑惑地看着沙金。

"不是多此一举啊。"

沙金阴险地微笑着，用左手轻轻地抚摸着次郎的右手。

"这是为了你。"

"为什么？"次郎这么说着，内心感到一阵恐惧，难道她……

"你这还不明白吗？我这么放出风声，再让太郎去偷马……他再有本事，一个人没办法吧。不过，别人帮忙，也没几个人。这样的话，你我不就如愿以偿了？"

次郎仿佛被当头泼了冷水。

"你要杀了我哥！"

沙金一边玩弄着扇子，一边坦率地点了点头。

"不好吗？"

"与其这么说……这么设圈套……"

"那么，你杀了他？"

次郎觉得沙金的眼睛像野猫一样锐利地盯着自己。而且，觉得她的眼睛里具有可怕的力量，逐渐麻痹着自己的意志。

"可是，这么做太卑鄙了。"

"卑鄙也是不得已吧？"

沙金扔掉扇子，双手平静地握住次郎的右手追问道。

"而且，要是哥哥一个人也就罢了，还要连累所有同伴……"

次郎这话刚一出口,便觉得糟了,狡猾的女人自然不会放过这个机会。

"让他一个人去就可以吗?为什么?"

次郎从女人的手中抽出自己的手站了起来。依然铁青着脸,在沙金面前左右来回默默地走着。

沙金从下面仰视着次郎,射出一句:"如果可以干掉太郎,就是搭上再多的同伴也没什么吧。"

"阿婆怎么办?"

"要是死了,再说死了的事。"

次郎停下脚步,俯视着沙金的脸。女人的眼里燃烧着轻蔑与爱欲,如炭火般炽热。

"为了你,杀谁都可以。"

这话如蝎子般刺人,次郎再次感到浑身颤栗。

"可是,哥哥……"

"我不是连妈都不要了吗?"

沙金说完,垂下眼皮,紧张的面部表情突然松弛下来,闪亮的泪水簌簌地落在烈日下灼热的沙子上。

"我已经告诉那家伙了,现在后悔也来不及了。如果事情败露,同伙们,还有太郎会杀了我。"

听着沙金这番断断续续的话,次郎的心里不觉涌现出一种绝望般的勇气。他脸色煞白,默默地跪在地上,冰冷的双手紧紧地握住了沙金的手。

他们两人在紧握的双手中,感到了可怕的承诺意志。

五

太郎撩起白布,一脚踏进家里,却被眼前的景象惊呆了。

只见在并不宽敞的屋里,通往厨房的一扇拉门斜倒在竹屏风上,大概被屏风翻倒的蚊香土罐碎成了两半,满地都是还没烧尽的松叶或烟灰。一个十六七岁脸色苍白的胖胖的女佣,她那落满灰的鬈发被一个因长年酗酒而发胖的秃顶老人抓着,她那怪异的麻布单衣的前胸敞着,使劲地蹬着双脚,并发疯般地尖叫着。老头左手抓着女人的头发,右手举着一个缺口的瓶子,要把瓶里黑褐色的液体强行灌入女人的嘴里。可是,液体只在女人的脸上,不分眼睛、鼻子地到处流着,却好像几乎没有流进嘴里。于是,老头更加气急败坏地想用力掰开女人的嘴。女人不顾头发被抓掉,拼命地摇着脑袋,坚决不喝一滴。两人的手脚纠缠在一起。太郎从亮处突然进入昏暗的家中,看不清究竟是谁的身体,但他们是谁,一眼便知道了。

太郎顾不上脱掉草鞋,慌忙跨进屋里,猛然抓住老人的右手,顺手夺下瓶子,愤怒地大喝一声:"你干什么?"

老人立即不甘示弱地反问:"你要干什么?"

"我吗？我要干这个。"

太郎扔掉瓶子，又把老人的左手从女人的头发上拉开，然后抬起腿来，把他踹倒在拉门上。阿浓也许对这意外的搭救感到吃惊，慌忙向后爬了两三米。可是，看见老人倒在后面，便像拜神佛般，在太郎面前双手合十，浑身颤抖着低头拜谢，尔后不顾凌乱的头发，如脱兔般闪开身子，光着脚跑到廊檐下，飞快地钻过白布帘。猪熊老头想猛拽住她，却又被太郎踢了一脚，跌倒在灰上。这时，她已经气喘吁吁地从枇杷树下连滚带爬地向北跑去……

"救命啊！要杀人啦！"

老人这么喊着，已失去了刚才的气势，他踩着屏风，想往厨房逃。太郎迅速伸出长臂，抓住了浅黄色的便服领子，把他拽倒在地。

"杀人啦，杀人啦，救命啊！有人要杀父亲啦……"

"废话！谁要杀你……"

太郎把老头压在膝盖下，就这么大声地嘲笑着。可是与此同时，杀掉这老头的强烈欲念难以抑制地涌上心头。当然，杀掉他易如反掌。只要捅一刀，只要往那皮肤松弛的红脖子上捅上一刀，一切就完结了。刀刃砍入榻榻米的感觉，还有手握刀柄感受到对方临死前的挣扎，以及反冲着刀刃喷涌而出的血腥味——这些想象让太郎不由自主地伸手握住葛藤包裹的刀柄。

"撒谎！撒谎！你一直想杀我……啊，救命啊！杀人啦！杀父亲啦！"

猪熊老头大概看穿了太郎的心，又反抗了一阵子，想跳起来，声嘶力竭地大叫着。

"你为什么要那样欺负阿浓？喂，说清楚！要不然……"

"我说，我说——我说，可我说了，也保不住你不杀我。"

"别啰嗦！你说还是不说？"

"说，说，说，但你先松手，不然我憋着气，说不了。"

太郎完全不予理会，依然杀气腾腾地重复道："你说还是不说？"

"我说。"猪熊老头扯着嗓门，还想反抗，一边挣扎一边说道："我说，我只想让她喝药。可是，阿浓那蠢货就是不喝。所以，我才动手了。就是这么一回事，不，还有，是老太婆备的药，和我无关。"

"药？那么，是堕胎药吧。即便是蠢货，你抓住不情愿的人，太残忍了。"

"瞧你，你叫我说，我都说了，可你还是想杀我。杀人啦！坏蛋！"

"谁说要杀你？"

"如果不想杀我，你为什么把手放在刀柄上？"

老人抬起大汗淋漓的秃脑袋，向上翻着眼珠看太郎，嘴角满是泡沫地叫着。太郎心头猛然一震，要杀就现在杀，这个念头掠过心头。他不由自主地一边膝盖使劲，一边紧握着刀柄，目不转睛地盯着老人的脖子。稀疏的花白头发把后脑勺遮了一半，两条筋在红红的满是鸡皮疙瘩的皮肤皱纹下不太明显地显现出来。太郎看到那脖子时，感到一种莫名的怜悯之情。

"杀人犯！杀父亲啦！骗子！杀父亲啦！杀父亲啦！"

猪熊老头不停地声嘶力竭地叫着，终于从太郎的膝盖下跳了起来。尔后迅速抓住拉门作为防身盾牌，眼睛四处转动，打算伺机逃去。太郎看到他那又红又肿、鼻眼歪斜着的狡猾面孔，再次后悔自己刚才没下手。他慢慢地松开握着刀柄的手，仿佛怜悯他自己似的，嘴角浮现出苦笑，不情愿地坐在了眼前的旧榻榻米上。

"杀你的刀没带来。"

"你要是杀我，那就是杀父亲啊。"

猪熊老头放下心来，从拉门后面磨蹭着出来后，在太郎斜对面的榻榻米上忐忑不安地坐下来。

"杀了你，为什么是杀父亲？"

太郎看着窗户，没好气地问道。透过窗户望见四方形的天空，枇杷树梢的密密的叶子在阳光下，表面和背面呈现出亮度不同的绿色，纹丝不动。

"是杀父啊，为什么这么说呢？沙金是我的养女，你和她有关系，不也就是儿子吗？"

"那你把她当妻子,这又是什么?你是畜生还是人?"

老人一边看着刚才争斗时撕破的袖子,一边气哼哼地说道:"就是畜生,也不能杀父亲!"

太郎撇嘴嘲笑道:"这张嘴还是那么厉害。"

"我的嘴怎么厉害了?"

猪熊老头突然用锐利的目光盯着太郎,接着嗤笑道:"那么,我问你,你认我做父亲吗?不,是能不能认我做父亲?"

"这还要问?"

"不能吧?"

"啊,不能。"

"你太任性了。你听着,沙金是阿婆带来的孩子,但不是我的女儿,如果我和阿婆成为夫妇,就必须认沙金为女儿,那么你和沙金成为夫妇,就必须认我做父亲。但你不认我这个父亲。不但不认,有时候还打我。你为什么要我把沙金当自己的孩子?为什么不能把她当妻子?如果我把沙金当妻子是畜生,你想杀父亲,不也是畜生吗?"

老人满脸自鸣得意的神情,他用满是皱纹的食指指着太郎,两眼发亮,滔滔不绝。

"怎么样?是我没道理,还是你没道理,这种事你总该明白吧?还有,我和阿婆,是我在左兵卫府当仆人时的老相好了。我不知道她怎么想我,可我爱恋着她。"

太郎做梦也没想到，会在这种场合，从这个嗜酒成性、狡诈卑鄙的老人嘴里听到这样的往事。不，他甚至怀疑过这老人是否具有普通人的情感。爱恋着的猪熊老头和被爱恋着的猪熊阿婆。太郎感到自己的脸上浮现出了一丝微笑。

"后来，我发现阿婆有情人。"

"这说明人家讨厌你了吧？"

"有情人不能证明讨厌我。你如果打断我的话，我就不说了。"

猪熊老头这么一本正经地说道。又立刻膝行到太郎身边，咽了几口唾沫，继续说道：

"后来，阿婆就怀了那情人的孩子。不过，这没什么，让我吃惊的是，阿婆生完孩子，不久就不知去向了。向人打听，有人说得传染病死了，有人说去了筑紫，后来才知道投靠在奈良坂的熟人那里。从那时起，我突然觉得人活着真没意思。于是，开始喝酒赌博，最终被人拉上贼船。能偷绸缎，就偷绸缎；能偷锦缎，就偷锦缎。满脑子想的就是阿婆。过了十年、十五年，好不容易又见到阿婆……"

老人现在已经与太郎坐在同一张榻榻米上。说到这里，也许由于感情逐渐亢奋起来，有一阵子只是老泪纵横，嘴巴颤动着，说不出话来。太郎睁着独眼，像看陌生人似的，看着对方那张哭丧的脸。

"重逢后，才发现阿婆已经不是过去的那个阿婆了，我也不是过去的那个我了。但她带来的那个孩子沙金长得很像母亲。看见她,就像年轻时的阿婆又回来了。于是,我这么想,如果现在和阿婆分开,也必须和沙金分开。如果不想和沙金分开,就必须和阿婆在一起。好吧,既然如此,就娶阿婆为妻吧。这么下定决心,就有了猪熊这个穷家……"

猪熊老头哭丧着脸靠近太郎,声音哽咽地说着。这时,之前没有注意到的一股酒气扑鼻而来。太郎感到愕然,便用扇子挡住了鼻子。

"我这辈子一心一意只喜欢过去的那个阿婆,也就是现在的沙金。可是,你动不动就骂我是畜生。你这么恨我这个老头吗?要是恨的话,索性杀了我算了。现在就可以在这里杀了我。死在你手里,我也心甘情愿。可你要明白,杀了父亲,你也是畜生。畜生杀畜生,这太有意思了。"

眼泪慢慢地干了,老人又骂骂咧咧起来,晃动着满是皱纹的食指。

"畜生杀畜生,来啊!你杀吧,你是个胆小鬼。哈哈,刚才我给阿浓喝药,你火冒三丈,看来你把那蠢货的肚子搞大了。如果你不是畜生,谁是畜生?"

老人这么一边说着,一边迅速地退到倒塌的拉门后面,一副打算夺路而逃的样子。他脸色发紫,凶相毕露。太郎被他一顿臭骂,实在忍无可忍,手按刀柄站了起来。但他没有拔刀,嘴唇快速动了一下,突然在对方的脸上吐了一口痰。

"你这样的畜生,就配这个!"

"你别叫我畜生!沙金不是你一个人的老婆,她不也是次郎的老婆吗?这么说来,你偷弟弟的老婆,你也是畜生。"

太郎再次后悔没有杀了这个老头,但同时也害怕再产生杀人的念头。他的独眼火冒金星,但他决定默默离去。于是,猪熊老头又指着他的后背骂了起来。

"你以为我刚才说的话是真的吗?那全是假的。什么阿婆是我的老相好啊,什么沙金长得像年轻时的阿婆啊,全是假话。听明白了吧?那全是假话。你能把我怎么样?我是骗子!是畜生!差点死在你的刀下,不是人……"

老人唾沫星子乱飞地骂着,渐渐地口齿不清了,但浑浊的眼里依然充满了仇恨,跺着脚大喊大叫。太郎无法忍受从心底里涌上来的厌恶感,捂着耳朵,匆匆地走出了猪熊的家。外面太阳开始偏西,燕子依然在空中轻盈地飞舞着。

"去哪里呢?"

走到外面,太郎这么想了想,意识到自己到这里来是为了找沙金。可是,不知到哪里才能见到沙金?

"管它呢,去罗生门,等到天黑再说。"

他的这个决定自然包含着几分能见到沙金的希望。沙金总在行劫的夜晚,喜欢女扮男装。那些衣服和武器都放在罗生门楼上的箱子里。他打定主意，沿着小巷大步往南走去。

太郎从三条大街往西拐，从耳敏川对岸来到四条大街。刚走到四条大街时，看见离自己一百来米远的地方，一男一女两个人一边说话，一边从立本寺的瓦顶板心泥墙下沿着大街向北而去。

穿枯黄色便服和浅紫色衣服的两个身影重叠在一起，留下一串串爽朗的笑声，穿过了一条条小巷。在繁忙穿梭的燕子中间，男子的黑鞘长刀反射着阳光。一眨眼工夫，两人已经不见了踪影。

太郎满脸阴郁，不禁驻足路旁，痛苦地自言自语道："反正都是畜生。"

六

夏日的夜晚很快就到深夜亥时上刻。

月亮还没有出来。放眼望去，京城悄然沉睡在令人窒息的黑暗中。加茂川的水面在些许星光的映照下，泛着微弱的白光。大街小巷的交叉路口，现在灯影渐熄，无论皇宫还是原野，或者商家，都在静谧的夜空下，只是无限地扩展着形色朦胧的广阔平面。而且，不论左京还是右京，除了偶尔飞过的杜鹃的叫声外，万籁俱寂。如果说其中有一点儿令人感觉亲切的灯火的摇曳或轻微的声音，那也许就是在香火缭绕的大寺院的正殿里，在长明灯的映照下，在金粉、铜绿斑驳的孔雀明王[1]画像前的斋戒祈祷者；或是在四条、五条间的桥下，在焚烧垃圾的火光后，不为人知地度过夏日短夜的一群乞丐；或是朱雀门的老狐狸每天夜里在瓦上、草间点燃的吓唬过往行人的鬼火。除此之外，北起千本，南至鸟羽街道的尽头没有一丝风，只有弥漫着驱蚊草味的深沉夜色，连河滩的艾蒿也一动不动。

这时，位于皇宫北面、朱雀大街尽头的罗生门旁，突然响起蝙蝠拍动翅膀般敲击弓弦的声音，那声音互相呼应，或一人，或三人，或五人，或八人，那些装扮奇特的人们从各处逐渐聚到一起。透过微弱的星光，只见有的佩刀，有的负箭，有的执斧，有的持戟，各自全副武装，打着绑腿，脚穿草鞋，干脆利落，来到罗生门前的石桥旁排队。站在最前面的是太郎。他身后是猪熊老头，似乎已经忘了刚才的争吵，手中的矛头在黑夜中闪着寒光。接下来是次郎、猪熊阿婆，稍远处还有阿浓。沙金站在他们中央，身穿黑色便服，佩带长刀，身背箭袋，以弓为杖，环视了大伙，尔后张开俊俏的嘴巴说道：

"大家听着，今晚的对手比以往都难对付，大家都要做好思想准备。我们分头行动，太郎带十五六人从后面进去，其他人和

---

[1] 佛教密宗的明王，亦有佛母大孔雀明王等称谓，相传为毗卢遮那佛或释迦牟尼佛的等流身。

我从前面进去。尤其是后面马厩里的陆奥马,太郎,这事就交给你了,可以吗?"

太郎默默地看着星星,听到这话,歪着嘴巴点了点头。

"另外,我提前声明,不能把女人、小孩作为人质。善后处理太麻烦。那么,要是都到齐了,就出发吧。"

沙金这么说着拿起弓,指挥大家行动。但她回头看到无精打采地站在那里咬着指头的阿浓,又温柔地说道:"你就在这儿等着吧,过一两刻钟大家就都回来了。"

阿浓像小孩子般呆呆地看着沙金的脸,轻轻地点了点头。

"那么,走吧!不可大意,多襄丸。"

猪熊老头把戟夹在腋下,一边回头看身边的同伙。穿着深红色便服的同伙只是摇响长刀护手,"哼"了一声,没搭理他。倒是一个肩扛斧头、胡须剃得干净利落的男子从旁插嘴道:"你倒是别再让影子吓坏了。"

加上这个人,一共二十三个强盗都偷笑起来。人们拥着沙金,如一团阴云,杀气腾腾地向朱雀大街蜂拥而去,像从水沟里溢出的泥水流向洼地似的,迅速消失在黑暗中,一下子便不知去向了……

只有天空透着朦胧的亮光,罗生门高高的瓦顶寂然地俯视着大路,又听见杜鹃的鸣叫声时近时远断断续续地传来。一直站在七丈五级大石阶上的阿浓,也不见了踪影。不久,罗生门楼上亮起昏暗的灯光，一扇窗户哗啦地打开了，露出一张眺望着远处月出的女人的小脸。阿浓一边这么俯视着渐渐明亮的京城，一边感受着胎动，每次都暗自开心地微笑着。

七

次郎一边向两个武士、三条狗挥动着沾满鲜血的长刀，一边沿着小巷向南后退了二三町。现在也无暇顾及沙金的安危了。对方仗着人多势众，步步紧逼。狗也耸起毛发倒竖的背部，从前后各处猛扑过来。在月光的映照下，大路微明，依稀可以分辨出挥舞的兵器。次郎被人和狗包围着，浴血奋战。

不是杀死对方，就是被对方杀死，二者必居其一，别无活路。他已经横下一条心，一股异常凶猛的勇气不断地鼓舞着他。他一边挡住对方的长刀，并奋力回砍，脚下还要敏捷地躲开扑上来的狗——他几乎同时完成这些动作。不仅如此，有时甚至还必须把大刀顺势抡回，以防备从后面咬过来的狗牙。但是，不知什么时候还是受了伤。透过月光，可见一条暗红色的东西浸着汗水，顺着左鬓流着。然而，次郎正奋不顾身地拼杀，并不觉得痛。他脸色苍白，额头秀美的眉毛皱成一字，仿佛被长刀驱使着，不顾帽子脱落，衣服撕裂，只是一个劲地儿地纵横挥舞着大刀。

不知厮杀了多长时间。不久，只见高举着长刀砍杀过来的一个武士突然向后一闪,接着一声惨叫,次郎的长刀已砍进其侧腹直至腰际。他听见砍断骨头的沉重的声响,横砍过去的刀光在昏暗的夜色中倏然闪亮。那长刀在空中划过,正好从下面挡住了另一个武士的长刀,对方的胳膊被砍断,立即顺着原路落荒而逃。次郎追上去正要举刀砍去,一条猎狗像皮球一样跳过来,咬了他的手。他后退了一步,把刀举过头顶,却感到全身的肌肉一下子松弛了下来,只得眼看着对方趁着月黑落荒而逃。次郎这时才如同从噩梦中惊醒过来似的,发现自己正站在立本寺门前。

大约半刻钟以前,从正门攻击藤判官宅邸的一群强盗突然受到中门左右两边、车棚内外的乱箭射击,乱了方阵。冲在最前面的真木岛十郎的大腿被深深地射中,一下子摔倒在地。紧接着两三个人,有的面部中箭,有的胳膊受伤,只得慌忙逃走。当然,不知有多少弓箭手。可是,各色箭头甚至发出尖锐的声响,如雨点般射来。连退在后面的沙金,黑色便服的衣袖也被射偏的箭斜着射穿了。

"不能让头领受伤。射吧!射吧!老子的箭上也有箭头。"

交野的平六拍着刀斧柄骂着。这时听见有人"噢!"地应了一声,同时也开始响起呐喊声。次郎也手握刀柄退到后面。听见平六的这句话,他感到一种苛责,悄悄地从侧面瞟了一眼沙金。只见沙金在这场恶战中,也冷静地伫立着,背对着月光,拄着弓杖,嘴角露着微笑,目不转睛地看着箭矢交错的场面。这时,又听见平六焦急地叫起来："为什么不管十郎？你们怕被箭射中，难道对伙伴见死不救吗？"

十郎的大腿被箭射中，站也站不起来了，只好扶着长刀，挣扎着往前爬着，好像被拔掉羽毛的乌鸦似的，一边躲避着不断飞来的箭矢。次郎见状，感到一阵异常的颤栗，不禁拔出腰刀。平六看到后，斜眼看着他的脸，用嘲笑的口吻说道："你陪着头领就好了。十郎就交给喽啰们吧。"

次郎从这句话中听出轻蔑的讥讽，咬着嘴唇，狠狠地回看了平六一眼。于是，就在这时，几个强盗向十郎跑去，打算救他。然而，没等他们跑到十郎身边，只听到一声刺耳的号角，在乱箭纷飞中，六七条耳朵直竖、牙齿尖利的猎犬气势汹汹地狂吠着冲了出来，夜里也能看出卷着阵阵白烟。其后是十来个手持武器的武士，争先恐后地向宅邸外蜂拥而去。这一方自然也不甘示弱，抡着刀斧的平六打头阵，在枪林箭雨中，吼声四起，似野兽狂叫。一改开始时的胆怯心理，个个抖擞了精神，猛然杀将过来。沙金现在也箭在弦上，依然挂着微笑的脸上掠过一抹杀气，迅速躲到路边的破墙后面，准备迎战。

不久，敌我双方混战一处，发狂般叫喊着，在十郎倒下的地方厮打起来。猎犬也发出嗜血的狂吠声。战斗一时难分胜负。这时，从后门进攻的一个同伙浑身沾满了汗水和尘土，还身受两三处轻伤的样子，血迹斑斑地跑了过来。从他扛在肩上的长刀的刃刀豁口看,那边似乎也打得格外艰苦。

"那边要撤退了!"那男子借着月光,来到沙金面前,这么气喘吁吁地说道。

"因为带头的太郎在门里被那伙人包围了。"

沙金和次郎在昏暗的瓦顶板心泥墙影中不禁对看了一下。

"被包围了……为什么?"

"我也不知道是怎么回事。不过,也许……他这个人,我想也许没问题。"

次郎转过脸,从沙金身旁走开。当然,小喽啰不会注意这些。

"而且,老爷子和阿婆好像也都受伤了。看那样子,被他们杀死的也有四五个。"

沙金点点头,好像要追赶次郎似的,用严厉的声音说道:"那我们也撤吧。次郎,你吹口哨吧。"

次郎脸上的所有表情仿佛都凝固了,他把左手指含在嘴里,吹出两声尖利的口哨声。这是通知同伙撤退的信号。可是,盗贼们听到这信号,也没人撤退。(实际上,也许是因为被敌人和狗包围着,连转身撤退的机会都没有吧。)口哨声划破夜晚闷热的空气,无谓地消失在小巷深处。尔后,人的呼叫声、狗的狂吠声,还有长刀的撞击声,撼动着高远的星空,响彻耳际。

沙金仰望着月亮,闪电般挑动了一下眉毛。

"真没办法,那我们先回吧。"

她这话还没说完，次郎仿佛充耳不闻似的，又把手指含在嘴里，正要再吹口哨时，几个盗贼突然乱了阵脚，分成左右两边，其中人和狗混在一起，向二人身边冲来。这时，听见沙金手里的弓箭嗖的一声，跑在最前面的一条白狗哀叫着倒下，箭矢射进了它的肚子，眼看着斑斑黑血从腹部流到沙子上。可是，跟在狗后面的一个男人毫不畏惧，挥舞着长刀从旁边向次郎砍来。次郎几乎是下意识地挡住对方的武器，刀刃相撞，铿然有声，刹那间火花四溅。当时借着月光，次郎认出了那男人汗水湿透的红胡须和撕烂的苏芳色礼服。

他的脑海中立刻浮现出立本寺门前的景象，同时一种可怕的怀疑突然威胁着他。沙金会不会和这个男人合谋，不仅想杀死我哥，还想杀死我呢？千钧一发之际，这怀疑令次郎感到眼前一黑，怒不可遏。他像脱兔般躲过对方的长刀，双手紧握刀柄，奋然直刺对方的胸部。对方一下子倒下了，次郎用草鞋狠狠地踩了那男人的脸。

他感到对方热乎乎的鲜血溅到自己的手上，便用刀尖碰触其肋骨，感到了强烈的抵抗。他还感到奄奄一息的对手几次从下面咬他踩上去的草鞋。这一切自然都给其复仇心理带去了愉悦的刺激，但同时他也感到一种难以名状的精神疲劳。如果周围环境允许，他肯定会不顾一切地躺下来好好地休息。但是，当他踩着对方的脸，把血淋淋的长刀从对方的胸部拔出时，已有好几个武士把他团团围住了。不，有一个男子正从背后偷偷靠近，把矛头对准了他的后背。可是，这男子突然往前一个趔趄，矛头刺破了次郎衣袖，脸朝下扑倒在地上。那是因为一支箭嗖的一声从后面飞来，深深地扎进了他的后脑勺。

后来的事情，连次郎都觉得像是在做梦。他像野兽一样怒吼着，拼命地抵挡着从前后左右砍来的长刀。周围人的叫声和兵器的撞击声混成一片，满是血水和汗水的人脸在刀光剑影中闪现。除此之外，次郎的眼中没有任何东西。不过，如长刀溅出的火花般，留在后面的沙金的形象时而在心中闪现。不过，这念头立刻消失在时刻迫近的生死危机中。接着，刀枪声和呐喊声如遮天蔽日的蝗虫拍打翅膀声，在被板心泥墙挡住的小巷中不断回荡。就这样，次郎被两个武士和三条狗紧追不舍，沿着小巷一点点地向南撤退。

不过，次郎杀死了一个武士，又赶跑了另一个武士，便觉得只对付狗就没什么可怕的了，但那不过是空想罢了。这三条狗都是良种，毛色都是带着一对茶色花斑，个头比小牛犊有过之而无不及。嘴边都沾着人血，照例从左右两边向次郎的脚下扑来。踢开一条狗的下巴，另一条狗则扑上他的肩头，而同时还有一只狗几乎就要咬到次郎拿长刀的手。接着，三条狗在次郎的前后摆出漩涡状阵势，尾巴向上竖起，像闻地面沙石的气味似的，下巴紧贴着前脚，汪汪地狂吠。次郎杀了武士刚松了一口气，没想到这些猎狗更难对付。

而且，次郎越焦躁，他的长刀就越落空，一不小心便会失去立足之地。狗趁机喷着热气，接连不断地扑来。到了这个境地，只剩下最后一招了。于是，他仅存一线希望，也许狗追累了，自己可以死里逃生，便抽回砍空的长刀，从正要咬他脚的一条狗的背上勉强跳过去，尔后借着月光，拼命地跑起来。可是，次郎的这个想法原本就像溺水者抓住一根救命稻草似的。狗见他逃跑，一齐卷起尾巴，后脚踢着尘土，排成一列，紧追而来。

次郎的这个计谋不仅失败了，还使他陷入了虎口。次郎在立本寺的交叉路口急忙向西拐去，大约跑出两町左右，突然听见更多的犬吠声，那声音划破夜空，比现在追来的犬吠声响多了。尔后，只见在月光下，小巷里挤着一群乌云般的野狗，它们横冲直撞，像是在争夺食物。最后，几乎同时，一条猎犬迅速追上他，呼朋唤友般高声叫起来，这群发疯的野狗便竞相狂叫，眼看着把他卷入到这群散发着腥臊味的动物的漩涡中了。深夜，一群狗挤在小巷里的情况原本少见。这一二十条狰狞的野狗在这废都为所欲为，贪婪地寻找着血腥味。它们要把因为染上瘟疫而被抛弃在这里的那女人趁着夜色吃掉。它们龇牙咧嘴，争夺着那撕成一块块的肌肉和骨头。就在这时，次郎来了。

狗看见新食物，马上像被狂风吹散的稻穗，从四面八方向次郎扑去。一条强壮的黑狗从他的长刀上跃过，接着一条像狐狸般没有尾巴的狗从后面掠过他的肩膀，血淋淋的胡须碰到他的脸颊，沾满沙子的脚毛擦过眉宇间。不知该砍，还是该捅，因为无法确定对象。无论前后，只见闪着绿光的眼睛和喘着粗气的嘴。而且，这眼睛和嘴巴不计其数，从路上密密麻麻地逼近脚下。次郎一边抡着长刀，一边突然想起猪熊阿婆的话："反正是死，索性痛痛快快地死掉算了。"他在心里这么喊着，干脆闭上了眼睛，但当一条要咬他脖子的狗的热气喷到他脸上时，他又不禁睁开眼睛，将长刀横扫了过去。不知经过了多少次搏斗，但也许因为臂力渐衰，手中的长刀越来越重，现在已经站立不稳了。这时，比他砍倒的狗的数量更多的野狗成群结队地从原野，或从板心泥墙接连不断地集结而至。

次郎抬起绝望的眼睛，瞥了一眼天上小小的月亮，就那么双手持刀，如电光石火般想起了哥哥，还有沙金。自己原本想杀死哥哥，反倒被野狗咬死。这是上天对自己最好的惩罚。想到这里，他的眼睛里不觉涌出了泪水。可是，狗在这期间依然对他疯狂进攻。先前的一条猎犬刚摇动茶色斑点尾巴，次郎便立即感到左大腿被尖利的牙齿狠咬了一口。

这时，一阵遥远的哒哒的马蹄声从月色微明的两京二十七坊的夜色深处，像风一样向天空扩散开，压倒了喧嚣的狗叫声……

但是，这期间只有阿浓一个人站在罗生门楼上，脸上浮现出安详的微笑，眺望着远处的月出。在东山上，在微亮的青色中，由于天旱而显得瘦弱的月亮徐徐地、寂寞地升到了中空。于是，加茂川上的桥在泛白的水光上逐渐浮现出暗淡的影子。

不仅加茂川，连眼前的京城，刚才还在黑暗中，且隐藏着死人的气息，忽然像镀了一层金色的寒光，现在就像北陆人所见的海市蜃楼，塔上的宝轮和寺院的屋顶都泛着微光，一切都包裹在朦胧的光影中。四周的群山也许返还了白天的余热，山顶月色朦胧，所有山峰都像陷入了沉思似的，从淡淡的雾霭上面静静地俯视着荒芜的街道。这时，传来一缕淡淡的凌霄花的香味。原来大门两旁茂密的草丛中，一簇簇凌霄花伸展着花蔓，缠绕在破旧的门柱上，有的爬到了快要滑落的瓦上、布满蜘蛛网的椽子上。

靠在窗边的阿浓翕动着鼻翼，一边尽情地吸着凌霄花的香气，一边思念着次郎，也想着那为了早日降生而动着的胎儿，思绪漫无边际。她不记得自己的父母，甚至也完全忘记了自己出生的地方。只记得小时候有一次被人抱着或背着从罗生门这样的朱漆大门下经过。当然，这记忆究竟有几分可信，现在也不得而知。要说多少记得一些，都是自己懂事后发生的事。然而，又都是记不住才好的事。有时受到城里孩子的欺负，把自己从五条桥上倒挂着扔到河滩上；有时因为饿得急了偷东西，结果被赤身裸体地吊在地藏堂的房梁上。由于偶然被沙金所救，便很自然地加入了盗贼团伙，然而痛苦的日子一如既往。虽然她的天性近乎白痴，但也有感知痛苦的心。阿浓只要违背猪熊阿婆的意志，就会遭到毒打。猪熊老头经常借着醉意刁难她。甚至平时总关照她的沙金，发起脾气来，也会揪着她的头发不放。其他盗贼更是毫不客气。每次挨打挨骂后，阿浓总会逃到罗生门楼上，暗自流泪。要不是次郎经常过来安慰她，她也许早就跳下去自杀了。

如煤烟灰般的东西在月光下翩翩起舞，在窗外从瓦顶下向着淡蓝色的天空飘去。那自然是蝙蝠。阿浓望着天空，入迷地凝视着稀疏的星星。这时，腹中的胎儿又动了一阵儿。她急忙竖起耳朵，注意着胎动。正如她的心灵挣扎着要逃离人间的痛苦，腹中的胎儿也挣扎着要来品尝人间的痛苦。不过，阿浓并不考虑这种事。因为只有即将成为母亲的喜悦，还有自己也能成为母亲的喜悦，像这凌霄花的芳香般，从刚刚开始一直充盈着她的心怀。

这时，她忽然想起胎动可能是因为胎儿睡不着觉的缘故。也许因为睡不着觉，所以才挥动着手脚哭泣。她对胎儿小声地说道："宝宝，乖，好好睡吧，天马上就要亮了。"可是，腹中的胎动似乎要停下来，却没那么容易停下来。不久，腹痛似乎越来越严重了。阿浓离开窗口，蹲在窗下，背对着灯台昏暗的灯光，小声地唱起歌谣，以安慰腹中的胎儿。

我心永不变

如果违此言

波涛越过末松山啊

波涛越过末松山 [1]

那是模模糊糊记得的歌谣,歌声随着摇曳的灯光,在寂静的楼上时断时续。那是次郎喜欢唱的歌谣。他一喝醉酒,肯定会手拿扇子,一边打着拍子,一边闭上眼睛,反复地唱这首歌谣。沙金经常拍手笑他唱走了调。腹中的胎儿肯定不会不喜欢这首歌谣。

但是,谁也不知道这胎儿是否真是次郎的孩子。阿浓本人对此事也讳莫如深。即便盗贼们不怀好意地打听孩子的父亲,她也总是双手抱在胸前,羞涩地垂下眼皮,越发执拗地沉默着。每当这时,她那脏兮兮的脸上总是呈现出富于女人味的红晕,连睫毛也噙着泪花。盗贼们见到这样子,愈发起哄,嘲笑她是个连肚里孩子的父亲都不知道的傻女人。可是,阿浓在心里坚信胎儿是次郎的孩子。她相信怀上自己爱恋着的次郎的孩子是理所当然的。每当她孤独地睡在这楼上,都会梦见次郎。如果次郎不是这孩子的父亲,那么谁会是呢?阿浓这时轻声哼着歌谣,眼睛凝望着远方,连被蚊子咬也不在意,仿佛坠入了梦境。这是忘却了人世苦却又是涂抹着人世苦的美丽而悲惨的梦境。(没有流过泪的人绝不会做这样的梦。)在那里,一切罪恶都从眼底消失殆尽。但只

---

[1] 典出《古今和歌集》第二十卷东歌第 1093 首和歌。

有人的悲伤,就像充满天空的月光,只有人的无尽的悲伤,依然孤独而严酷地存在着……

如果违此言
浪涛越过末松山啊
浪涛越过末松山

歌声像灯光般逐渐微弱,最后消失了。与此同时,隐约传来无力的呻吟声,仿佛在呼唤黑夜。阿浓唱到一半,忽然感到下腹部剧烈的疼痛。

由于对方严阵以待,攻击后门的强盗队伍也遭到对方箭矢的猛烈射击,接着又受到从中门出击的武士们的沉重反击。几个打先锋的强盗轻视这些武士,认为他们只有小毛孩的本事,却乱了阵脚,四散而逃。其中猪熊老头最胆小,他比谁都跑得快,但不知怎么回事,弄错了方向,不小心闯进了正提刀搏斗的武士们的中间。无论那肥硕的体格,还是煞有介事地提着长矛的样子,都被对方看成是一员干将了吧,武士们一见到猪熊老头,便互相使着眼色,两三人一组,从前后两边用刀锋步步紧逼而来。

"别急!我是这家老爷的仆人。"猪熊老头情急之下,惊慌失措地叫道。

"撒谎！你以为老子是那么容易上当的傻子吗？你这个老不死的！"

武士们破口大骂，准备一刀砍下。到了这种地步，已经无路可逃。猪熊老头的脸色终于像死人般煞白了。

"我没撒谎！我没撒谎！"

他睁大眼睛，不断地环顾四周，迫不及待地要找逃生之路，额上冷汗直冒，手也不停地颤抖着。但周围只有盗贼和武士之间展开的殊死的拼搏，在宁静的月光下，激烈的长刀声和人们的叫喊声从敌我混战处不断传来。他觉得反正求生无望，便盯着对方，顿时判若两人似的，一副穷凶极恶的样子，龇牙咧嘴，迅速拿好长矛，气势汹汹地骂道："撒谎又怎么样？傻瓜！畜生！来啊！"

话音刚落，矛头便飞出了火花。其中一个身强力壮、长着红痣的武士从旁边第一个跳出来猛砍过来。他原本已经上了年纪，自然不是这武士的对手，还没战十个回合枪法就乱了，便开始后退。不久，被逼到小巷中间，对方大叫一声，将他的长矛柄从中间劈断了。接着，又是一刀，这次从右肩朝胸部斜砍下来。猪熊老头摔了个屁股蹲，怒目圆睁，但也许忍受不住恐惧和痛苦，仓皇地四肢爬行着向后退去，大声喊道："突然袭击！遭到突然袭击了！救命！突然袭击！"

红痣武士接着又踮起脚，抡起沾满鲜血的长刀。那时，如果没有一个像猴子似的东西在月色中掀动着单衣下摆跳入他们中间，猪熊老头肯定已是刀下鬼了。只见那只猴子似的东西挡在他和武士之间，突然挥动匕首，插进了武士的乳下。与此同时，被抢到对方身旁的长刀砍中，一边可怕地叫着，一边像踩了烧红的火钳般跳起来，就这么扑向对方的脸，两人一起倒在了地上。

尔后，两人如野兽般扭打起来，殴打、撕咬、抓头发。好一阵子简直分不清谁是谁。不久，那猴子似的人骑到武士身上，匕首又闪了一下，被按在下面的武士的脸除了那颗痣还保留原样外，眼看着完全变了色。接着，也许因为对方也精疲力竭了，就这么仰面瘫倒在武士身上。这时，借着月光，才看出断断续续地喘息着、满脸皱纹的长着一张癞蛤蟆似脸的猪熊阿婆。

老太婆呼吸困难，躺在武士的尸体上，左手还紧抓着对方的发髻，痛苦地呻吟了一阵子。不久，翻了一下白眼珠，使劲地张了两三下干裂的嘴唇。

"老爷子，老爷子。"她呼唤着自己的丈夫，声音微弱，但饱含着感情。但没有人回答。猪熊老头在老太婆救他时，已经扔掉武器，在血泊中连滚带爬地逃之夭夭了。当然，后来还有几个强盗在小巷各处挥舞着武器继续着殊死的战斗。但这一切对于这个垂死的老太婆而言，都和对方的武士一样，形同路人罢了。猪熊阿婆用越来越细微的声音数度呼唤着自己丈夫的名字。每一次呼唤都得不到回应，这种寂寞比所受的伤痛更痛。而且，她的视力迅速衰弱，周围的景象渐渐地变得模糊不清了，除了上面一望无际的夜空和那一轮小小的白色月亮,其他一切都看不清了。

"老爷子。"

老太婆满嘴是带血的口水,这么喃喃地呼唤着,渐渐地神志恍惚,并昏迷过去了,也许昏昏沉沉地落入了再也无法苏醒的睡眠的深渊……

这时,太郎骑着一匹没有鞍辔的栗色骏马,嘴里衔着沾满鲜血的长刀,双手抓着缰绳,如旋风般通过这里。不用说,这就是沙金看上的陆奥产的三岁马驹吧。强盗们被打得七零八落,仅留下尸体的小巷,在月光下,如铺了一层寒霜般泛着微白色。微风吹拂着他那一头乱发。他在马背上扭过头去,充满自豪地望着在后面谩骂的人群。

那是理所当然的。当他看到同伙失手时,便下定了决心,即便什么都得不到,也要抢到这匹马。于是,他挥动那把葛藤缠着的长刀,杀退挡路的武士,只身冲进门里,一脚踢开马厩的门,飞身上马,尔后切断缰绳,突破重围,飞驰而去。为此身上不知受了多少伤,衣袖撕烂,乌漆帽只剩下空空的帽环还扣着;破烂不堪的裙裤散发着血腥味,还要在长刀和长矛阵中,见一个杀一个,见两个杀一双。想起一路杀来的情景,内心充满了欣喜,没有任何遗憾。他不时地回头看看,嘴角露出明朗的微笑,意气轩昂地策马飞奔。

他心里想着沙金,同时也想着次郎。他虽然斥责自欺欺人的懦弱，却仍然幻想着沙金有一天会重新倾心于自己。除了自己，谁能在这种情况下夺下这匹马？对方不仅占据人和优势，而且还占据地利优势。如果是次郎的话，他的脑海中突然浮现出弟弟伏尸武士刀下的场面。当然，对他而言，这种想象没有丝毫不快感，甚至可以说是他心里祈祷的某种事实。无须自己动手，就能杀死次郎，这不仅可以不受良心的苛责，而且从结果看，也不用害怕沙金为此憎恨自己。虽然他心里这么想，但毕竟为自己的卑鄙感到羞耻。于是，他用右手拿起衔在嘴里的长刀，慢慢地擦去上面的血迹。

当他把擦好的长刀插入刀鞘时，拐过交叉路口，听见在前面的月光下，有二三十只狗在汪汪地狂吠。而且，在狗群中，只见一个朦胧的人影背对着坍塌的板心泥墙挥舞着长刀。这时，马一边高声嘶叫，一边甩动长长的鬃毛，四蹄卷着沙尘，刹那间如疾风般将太郎带到了那里。

"是次郎吗？"

太郎一边忘我地大叫着，一边眉头紧锁地看着弟弟。次郎也一手挥刀砍着，一边扬起脖颈看哥哥。就在这一瞬间，两人都感到了对方瞳孔深处潜藏着的可怕的东西。这的确是刹那间的感觉。马也许受到这群狂叫的狗的惊吓，高昂着脑袋，前蹄画了个大圈，比刚才更加急速地向空中跃去，只剩下灰蒙蒙的尘土化作一道白柱升向夜空。次郎依然遍体鳞伤地被野狗包围着。

太郎苍白的脸上已经没了刚才的微笑，有什么东西在他心中小声地催促"快跑！快跑！"只要跑上一个或半个时辰，就万事大吉了。他要做的事，什么时候必须做的事，狗替自己做了。他的耳边一直响着"快跑！怎么不跑？"是啊，反正什么时候必须做的事，只是时间早晚而已。如果弟弟和自己换个位置，他肯定会采取同样行动。"跑吧！罗生门不远了。"太郎的独眼像发烧般闪着亮光，他下意识地踢着马腹。马尾和鬃毛在风中长飘，蹄子迸着火星，一往无前地狂奔而去。月光下的小巷如湍急的溪流般，在太郎的脚下倒流了一两百米。

这时，一个令人怀恋的词语冲出他的嘴唇，那是"弟弟"，是难以忘怀的胞弟。太郎紧抓着缰绳，脸色苍白，咬牙切齿。在这个词语面前，一切分别心都从眼前消失了。并非必须选择弟弟或沙金。这个词语忽然像电光般震撼了他的心。他没有看天，也没有看路，更没有看月亮，只看到无边无际的黑夜，还有如黑夜般深沉的爱憎。太郎发疯般地叫了一声弟弟的名字，挺起身板转身使劲地拉了单侧缰绳，马立刻转换方向。栗色马嘴也溢出白雪般的泡沫，马蹄有力地敲打着大地。一瞬间之后，太郎阴惨的脸上，独眼如火般闪亮，他让大汗淋漓的马又朝原路飞驰而去。

"次郎！"

快靠近时，他这么喊着。心中刮起的感情风暴因此得以表达出来了吧。这声音带着敲打烧红的铁块般的回响，尖利地传入次郎的耳朵。

次郎严肃地看着马上的哥哥。这不是平时所见的哥哥，不，甚至和刚才策马而去的哥哥也不同。次郎从那紧蹙的眉头、紧咬下唇的牙齿，还有闪动着怪异光亮的独眼，发现正燃烧着一种近乎憎恶的爱，那是以前从未见过的不可思议的爱。

"次郎，快上马！"

太郎以陨石坠落之势策马冲入狗群，在小巷里倾斜着转了一圈，并用叱咤之声这么说道。当然，容不得任何犹豫。次郎突然把手中的长刀尽力扔向远处，趁野狗回头追赶长刀之际，敏捷地跳向马脖子。太郎也同时伸出长臂，抓住弟弟的衣领，拼命地把他拖了上来。鬃毛拂去月光，马头第三次转换方向时，次郎已坐在马背上，紧紧地抱着哥哥的胸部。

这时，一只满嘴是血的黑狗突然怒吼着，卷着一阵沙尘向马鞍扑来。尖利的犬牙差点咬到次郎的膝盖。太郎立即抬脚狠狠地踢了栗色的马肚子。马大叫一声，迅速甩动尾巴。——狗差点碰到那尾梢，徒然地咬断次郎的绑腿，便一头栽到狗堆里了。

次郎出神地看着这一切，仿佛看一场美梦。他的眼睛既看不见天，也看不见地，只见抱着他的哥哥的脸——这张脸一半沐浴着月光，全神贯注地注视着前方，显得亲切而庄严。他感到内心渐渐充满了无限的放松感。这是离开母亲后多年未感到过的平静而强有力的放松感。

"哥哥。"

那时,次郎似乎忘了是在马上,他用力抱住哥哥,高兴地微笑着,脸颊贴在穿着藏青色便服的太郎的胸前,簌簌地落下了眼泪。

不一会儿,便来到没有行人的朱雀大街上,两人静静地策马而行。哥哥默不作声,弟弟也不说话。在万籁俱寂的夜晚,只有清脆的马蹄声回响着,两人头上的天空中悬挂着清凉的银河。

八

罗生门的夜晚还未迎来黎明。从下面看,倾斜的月光还在露水濡湿的瓦屋顶和朱漆剥落的栏杆上迟迟徘徊。可是门下,由于斜伸出的高高的屋檐既挡住了月光,又挡住了风,在闷热的黑暗中,豹脚蚊不停地飞着,空气馊了似的沉闷。在黑暗中,从藤判官宅邸撤退出来的这群强盗围着微亮的火把,三五成群,或立或卧或蹲在圆柱下,正各自忙着包扎伤口。

其中伤势最重的是猪熊老头。他仰面躺在铺着沙金旧衣的地上,眼睛半闭着,像受了惊悸似的,时而用嘶哑的声音呻吟着。他那疲惫的心甚至不知道自己是刚刚躺在这里,还是一年前就已经这样躺在这里了。眼前走马灯似的出现各种各样的幻影,像是在嘲笑濒死的他。对他而言,这些幻影与现在门下发生的事总会成为同样的世界。他在不分时间、地点的深度昏迷中,以某种正确且超越理性的顺序，再次清晰地回放着其丑陋的一生。

"哎呀，阿婆，阿婆怎么了？阿婆。"

他被产生于黑暗又消失于黑暗的可怕幻影威胁着，扭动着身子呻吟着。这时，用汗衫袖子包着额头伤口的交野的平六从旁探出脑袋说："你问阿婆吗？阿婆已经去了极乐世界。现在也许正坐在莲花座上焦急地等着你呢。"

他说完后，为自己的玩笑放声大笑起来，并回头对正在对面角落为真木岛的十郎包扎腿伤的沙金说："头儿，老爷子看来不行了，让他这么受苦，太残酷了，要么我送他上西天吧。"

沙金用悦耳的声音笑道："别开玩笑！反正都是死，让他自己死吧。"

"有道理，那就这样吧。"

猪熊老头听到这对话，一种预感和恐惧袭上心头，觉得全身一下子冻僵了似的。接着，他又大声地呻吟起来。这个对敌人怕得要死的胆小鬼也曾以平六所说的理由，不知用矛头杀过多少濒死的同伙。而其中大多仅仅是出于杀人的兴趣，或仅仅是为了向他人和自己显示勇气这样单纯的目的，竟干出这么丧尽天良的行径。可是，现在……有人不知道他的痛苦似的，在灯影中哼着歌谣。

黄鼠狼吹笛子

猴子奏乐

蚂蚱打拍子

还有那蝈蝈儿[1]

　　接着，响起啪的一声打蚊子的声音，还有"嘿，好啊！"的打拍子声。有两三个人似乎摇晃着肩膀，压低声音笑着。猪熊老头浑身颤抖着，为了确认自己还活着，睁开沉重的眼皮，一动不动地看着灯光。灯光在火焰四周画着无数的圈，在执拗的黑夜的进攻下，灯火细微。一只小金龟子嗡嗡地叫着飞过来，刚进入光圈，翅膀即刻被烧，于是掉落下来，一股青草味扑鼻而来。

　　自己也将像那只小虫子一样，马上就要死了。这血肉之躯死后，总归要被蛆虫和苍蝇吃光。啊，自己就要死了。而同伙们仍然若无其事地闹着，又唱又笑。想到这里，猪熊老头感到难以名状的愤怒和痛苦咀嚼着他的骨髓，同时还感到辘轳般不停旋转着的东西溅着火花落在了眼前。

　　"畜生！不是人！太郎，哎呀，混蛋！"

　　从他僵硬的舌尖，断断续续地说出这番话。真木岛的十郎为避免大腿伤口疼痛，轻轻地翻了一个身，用干渴的声音小声地对沙金说："他很恨太郎啊。"

---

[1] 典出《梁尘秘抄》卷第二。

沙金皱着眉头,瞥了一眼猪熊老头,尔后点了点头。于是,有人用哼歌般的鼻声问道:"太郎怎么了?"

"应该没救了。"

"谁看到他死了?"

"我看见他和五六个人对砍。"

"哎呀呀,早证菩提。早证菩提。"

"也没见次郎啊。"

"说不定也一样吧。"

太郎也死了。阿婆也已不在人世了。自己也快死了吧。死,死是什么?无论如何,自己不想死。可是,肯定会死。像虫子那样,说死便死了。这些漫无边际的想法像黑暗中嗡嗡叫的豹脚蚊般,从四面八方过来,恶毒地叮着他的心。猪熊老头感到这无形而又令人恐惧的"死",正在朱漆柱子后面耐心地窥视着自己的呼吸,正残酷而沉着地眺望着自己的痛苦,并且正一点点地爬过来,如即将消失的月光,渐渐地贴近自己的枕边。无论如何,自己不想死。

夜晚与谁眠

常陆介同眠

同眠乐逍遥

男山峰红叶

美名天下扬[1]

哼唱声与榨油木般的呻吟声混为一体。有人在猪熊老头的枕边一边吐唾沫,一边说道:"怎么不见阿浓那傻瓜?"

"是呀,怎么不见呢?"

"十有八九在上面睡觉。"

"哎呀,上面有猫叫。"

大家一下子安静下来了。与猪熊老头断断续续的呻吟声一起,可以听到微弱的猫叫声。这时,流动的风第一次温暖地吹过柱子之间,一阵淡淡的凌霄花的甜美芳香扑鼻而来。

"听说猫也能成精。"

"猫精化成的老头正适合当阿浓的对象。"

沙金的衣服窸窣响动,她用责怪的口吻说道:"不是猫,谁上去看看。"

交野的平六答应一声,把长刀鞘靠在柱子上站了起来。通往楼上的梯子有二十多阶,搭在柱子对面。所有人都莫名地紧张起来,好一阵子谁都不说话,只有带着凌霄花香的微风轻轻拂过。突然,平六在楼上大叫起来。过了一会儿,一阵急促下楼的脚步声搅乱了黑夜。肯定出事了。

---

[1] 典出《枕草子》第七十六段。前三行和后二行出自不同诗作。

"怎么样？阿浓那家伙生孩子了。"

平六下了楼梯，就把旧罩衫包裹着的圆鼓鼓的东西迅速地拿到灯光下给大家看。散发着女人气息的脏兮兮的布里包裹着刚刚出生的婴儿。那婴儿与其说是人，倒像剥了皮的青蛙，摇晃着沉重的大脑袋，丑脸皱着，大声地哭泣着。无论是稀疏的胎毛，还是细细的手指，所有这一切都同时引发了人们的厌恶感和好奇心。平六一边环视左右，一边晃动着怀里的婴儿，洋洋得意地说道：

"我上楼一看，阿浓那家伙趴在窗下，像死了似的呻吟着，虽说是个傻子，可还是女人啊。我以为她身上痛，走近一看，让我大吃一惊。像被掏出的一堆鱼肠似的东西在昏暗中啼哭。用手一摸，那东西动了一下。看是没毛的，觉得也不是猫。一把抓起来，在月光下一照，原来是刚生下来的婴儿。瞧，应该是被蚊子叮的，胸部和腹部都是红点。阿浓今后也是母亲了。"

平六站在火把前，他周围的十五六个盗贼或立或卧，全都伸长了脖子，像换了个人似的，面带着和善的微笑，注视着这刚刚被赋予了生命的红红的丑陋的肉团。婴儿一刻也不能安静，手舞足蹈，最后把脑袋往后一仰，又尖声地哭了一阵子，露出了没牙的嘴巴。

"哎呀，有舌头。"

刚才哼歌的男人怪叫道。人们哄堂大笑，似乎忘记了伤口的疼痛。这时，猪熊老头不知哪里来的力气，从人们身后突然粗暴地说道："让我看看那孩子。喂，那个孩子。不给我看吗？啊，混蛋！"

平六用脚碰了碰他的脑袋，尔后带着威胁的口吻说道："想看就看吧。你才是混蛋！"

平六弯下腰把婴儿随便伸到猪熊老头面前，老头睁大浑浊的眼睛，目不转睛地看着。这时，他的脸色渐渐地变得像蜡一样苍白，满是皱纹的眼角出现了泪珠。与此同时，颤动的唇边挂着不可思议的微笑，从未有过的天真表情不觉让脸上的肌肉松弛下来了。而且，原本饶舌的他就这么沉默着。人们知道，"死亡"终于抓住了这个老人。但是，谁也不明白其微笑的含义。

猪熊老头就这么躺着，慢慢地伸出手来，碰了一下婴儿的手指。婴儿像被针刺了似的，立刻大哭起来。平六想骂他几句，却又忍住了。因为他觉得老人没有一点儿血色的胖脸上，这时闪耀着一种与平时不同的难以侵犯的庄严神情。甚至站在他前面的沙金，也仿佛等待着什么似的，目不转睛地屏息注视着养父——也是情人的脸。但他还是不开口。只是他的脸上，好像刚好吹过的黎明时分的风似的，平静而愉悦地洋溢着一种神秘的喜悦。这时，他透过黑夜，在肉眼无法抵达的遥远的天空，看见即将寂寞、冷静地降临的永恒的黎明。

"这孩子……这孩子是……我的孩子。"

他这么清晰地说着，又碰了一下婴儿的手指。那手软弱无力，眼看着就要掉下来。一旁的沙金轻轻地扶住他的手。十几个盗贼都像没听到这话似的，咽一口吐沫，一动也不动。沙金抬起头，看着怀抱孩子的平六的脸点了点头。

"这是痰堵住的声音。"

平六自言自语似的说道。在婴儿怕黑的啼哭声中，猪熊老头带着些许痛苦，如即将熄灭的火把，平静地停止了呼吸……

"老爷子也终于死了。"

"这样，强奸阿浓的主子也知道了。"

"尸体必须埋在那竹林里。"

"让乌鸦吃了也挺可怜的。"

盗贼们感到有点冷似的，这么七嘴八舌地议论着。这时，远出传来若有若无的鸡叫声。天好像也快亮了。

"阿浓呢？"沙金问道。

"我把所有衣服都盖在她身上，让她睡下了，她那身子没问题。"平六的回答也带着平时没有的温柔。

不久，两三个盗贼把猪熊老头的尸体抬到门外。外面也还一片漆黑。在黎明残月的微光中，稀疏的竹林轻轻地晃动着梢头，凌霄花的香气愈发浓烈甜美了。不时听见微弱的声响，那是露珠在竹叶上滑动吧。

"生死事大。"[1]

"无常迅速。"[2]

---

[1] 佛教用语，指超越生死轮回、破迷开悟是人生最重要的事。
[2] 佛教用语，指人生苦短，死亡很快到来。

"这张死后的脸比活着的时候好看。"

"比以前更像个正经人了。"

猪熊老头那血迹斑斑的尸体在人们的议论声中,被抬向竹子和凌霄花的密林深处了。

九

第二天,在猪熊大街的一户人家中,发现了一具被残酷杀害的女尸,是个年轻丰腴、漂亮的女人。从伤口痕迹看,应该有过激烈的反抗。证物只有死尸嘴里衔着的枯叶色的便服衣袖。

还有一件怪事,这户人家的女佣阿浓当时也在,却一点儿也没有受伤。在检非违使厅[1]接受调查时,她做了大致这样的供述。所谓大致,是因为阿浓天生近乎白痴,无法进行更确切的叙述。

那天夜里,阿浓半夜醒来,忽然听见太郎、次郎两兄弟和沙金在大声地争吵。她不明白究竟是怎么回事,次郎突然拔刀砍向沙金。沙金呼喊着救命,想往外跑,这时太郎好像也给了她一刀。接着,只听见两人的骂声和沙金痛苦的呻吟声持续了一会儿,可是不久沙金断气时,兄弟俩突然相拥而泣,默默地哭了很久。阿浓从拉门的门缝里偷看了这一切,她之所以不救主人,完

---

[1] 即警察司法总监厅。

全是因为不想让睡在怀里的孩子受伤的缘故。

"还有,那个名叫次郎的,是这孩子的父亲。"阿浓突然红着脸这么说道。

"后来,太郎和次郎到我屋里来,让我多保重。我让他们看这孩子,次郎笑着摸了摸孩子的脑袋,眼里还满含了泪水。我希望他们多待一会儿,可是两人都非常匆忙地立刻走了,跳上或许拴在枇杷树上的马匹,不知去了哪里。马不是两匹。我抱着孩子从窗户望去,是两个人骑着一匹马,因为有月亮,所以看得很清楚。后来,我没管主人的尸体,又钻进被窝里睡觉了。我经常看见主人杀人,所以对她的尸体也一点儿都不觉得害怕。"

检非违使终于弄清了这些信息。于是认定阿浓无罪,将其释放。

十几年后,阿浓已削发为尼,一直养育着孩子。她曾经看见以骁勇著称的丹后守的贴身警卫路过,告诉别人那就是太郎。那男人确实也是脸上有浅浅的麻子,而且是独眼。

"要是次郎的话,我会立即跑上去相认,可是那人有点可怕……"阿浓这么说着,显出姑娘的娇态。可是,那人是否真是太郎,谁也不知道,只是后来风闻那男人也有个弟弟,也侍奉着同一个主人。

大正六年(1917)四月

好　色[1]

不知多少女人因为平中体验了无上的欢喜，不知多少女人因为平中而感到了生活的价值，不知多少女人因为平中而学会了牺牲的可贵，不知多少女人因为平中……

---

[1] 日本古代将男女之间的情趣称为"色"，将懂得这种情趣者称为好色之人。

平中[1]这位好色之人,对宫中的宫女自不待言,对一般女子亦多用情。

《宇治拾遗物语》

平中发誓要得到此人,最后病倒,在烦恼中死去。

《今昔物语》

所谓好色,就是此等行为。

《十训抄》

一　肖像

与太平盛世相吻合的、优美发亮的黑漆帽下,一张下巴宽宽的面孔正看着这里。胖乎乎的脸颊上泛着一层鲜艳的红晕,倒并非因为擦了胭脂,而是他那男人少有的白嫩肌肤自然透出好看的血色。少许胡须在优雅的鼻子下——倒不如说在薄薄的嘴唇两边

---

[1] 平贞文,《古今和歌集》等的和歌诗人,也是《平仲物语》的主人公。

像刷了一层淡墨似的。但是，那富于光泽的鬓发几乎可以映照出晴空的淡蓝色。鬓发边的耳朵只能看见略微上翘的耳垂，之所以呈现出蛤蜊般的暖色，似乎是因为微弱的光线的缘故。那双比一般人细长的眼睛里，总是带着微笑，那明朗的微笑让人认为其瞳孔深处是不是有常年绽放的樱花树枝。不过，只要略微留神，也许就会明白那里不一定只有幸福。那是对某种遥远之事怀有憧憬的微笑，同时也是对身边的一切怀着轻蔑的微笑。与面部相比，脖子可以说显得过于纤细了。白汗衫的领子和略微熏了香的菜花色便服领子在其脖颈处清晰明了。脸后面隐约可见的是织有仙鹤图案的围屏呢？还是在闲静的山脚画有赤松的纸拉门呢？总之，弥漫着暗淡的银子般的微光……

这就是从古老的物语中浮现于我面前的"天下第一好色者"平贞文的肖像，是我的 Don Juan[1] 的肖像。据说平好风有三个儿子，他因为生为次子，而被用"平中"的绰号称之。

二 樱花

平中靠在柱子上，漫不经心地眺望着樱花。伸至屋檐下的

---

[1] 此处依据原文，唐·璜（Don Juan）之意。唐·璜是一名西班牙传说中的人物，以英俊潇洒及风流著称。

樱花似乎已过了盛开期。午后漫长的日光在略微褪去红色的花朵上，在纵横交错的枝头上，投落下错综复杂的阴影。可是，虽然平中的眼睛看着樱花，可他的心思却不在樱花上。从刚才开始，他就漫然思考着侍从[1]的事。

"第一次看到侍从是……"平中这么想着。

"第一次看到侍从，那是在什么时候呢？对了，说是去参拜稻荷神社，那肯定是在二月第一个午日的上午。那女人正要上车，我正好从那里经过，这就是事情的开端。她的脸只能从举起的扇子下面隐约看见。但在红色和黄绿色和服上披件紫色上衣，那姿态美得难以言表。而且，当时她正要钻进车里，所以一只手提着裤裙，略微弯着腰，那样子也美极了。本院大臣[2]的府上有许多侍女，但那样的美人一个也没有，即便说平中我迷恋她……"平中变得有些严肃起来。

"可是我真的迷恋了吗？如果说迷恋，也像是迷恋。如果说没迷恋，也确实……这种事原本就是越想越糊涂，所以算是迷恋了吧。不过，这事发生在我身上，所以无论怎样，也不会神魂颠倒。记得曾经和范实那家伙聊起侍从，他说，听人说过可惜头发太少了。我第一眼就注意到了这一点。叫范实的这个男人，也许

---

[1] 平安时代著名和歌诗人在原业平的孙女。
[2] 指左大臣藤原时平。

会吹一点筚篥，可一涉及好色话题……哎呀，别管那家伙了。眼下我只想考虑侍从一个人的事……不过，要是更高要求的话，她的脸也太寡淡了。但如果仅仅过于寡淡，那么应该有点古画卷般的优雅之处，却显出近于薄情的镇定。无论怎么想，都不值得信赖。即便是女人，长那种脸的人，都格外目中无人。再说，肤色也不算白，即便不算微黑，也是琥珀色吧。但是，无论什么时候看上去，那女人都非常引人注目，让人想把她搂在怀里。那确实是任何女人都模仿不了的特殊才能吧……"

平中一边支起穿着裤裙的腿，一边出神地望着房檐外面的天空。天空在花丛中投下柔和的淡蓝色。

"可是，最近不管怎么传递书信，都毫无反应，倔强也该有个度吧。嘿，我追求的女人，大都在送上第三封情书时动心。即便偶尔有倔强的女人，也从未写过五封情书。那个名叫慧眼的塑佛像的工匠的女儿，一首和歌就坠入了情网。而且还不是我作的和歌，而是别人……对了，应该是义辅作的和歌。听说义辅曾把这首和歌送给一个不谙世事的小女官，但对方完全不予理睬。即便是同一首和歌，如果我写……当然，即便我写，侍从也还是不理会，所以也许也没什么值得骄傲的。但是，总之女人必定回复我的情书。只要回复，便能见面。只要见面，对方就会吵闹。对方一吵闹，即刻让人生厌。嘿，事情总是这么一成不变。

可是，一个月左右的时间，我大约给侍从写了二十封情书，完全没有回音啊。我情书的文体也并非无穷无尽，快江郎才尽了。不过，今天送去的情书上写了'请至少回复已阅二字'，这次应该有回音吧。也许还是没有回音？如果今天还没有回音的话——啊，啊，我之前从来不会这么没有出息，不会为这点事牵肠挂肚。据说丰乐院的老狐狸[1]会变成女人，被那只狐狸精迷住肯定就是这样的感觉。即便同样是狐狸，奈良坂的狐狸[2]变成足有三抱粗的杉树。嵯峨的狐狸变成牛车，高阳川的狐狸变成女童，桃园的狐狸变成大池塘——狐狸的事情怎么都行。哎，我刚才想到哪里了？"

平中抬头望着天空，悄悄克制住了一个哈欠。从掩映在花丛中的檐头，不时有白色的东西在开始西斜的日光下翻飞。鸽子也好像在什么地方叫着。

"总之，我是拗不过那女人了。即使不肯见面，只要和我说上一次话，我肯定会降服她，更何况如果能相处上一夜的话——不管是摄津，还是小中将，在还不认识我时，都一直讨厌男人。可是一经我调教，不都变得风雅了吗？侍从也不是冷酷无情之人，肯定会心满意足的。可是，一旦真有那么一天，那女人不会

---

[1] 典出《今昔物语》卷二十七的相关传说。丰乐院是平安京的宫殿之一，天皇举办宴会的地方。
[2] 典出《今昔物语》卷二十七的相关传说。奈良坂是奈良至木津的坡路。

像小中将那样害羞吧。也不会像摄津那样装作一本正经吧。肯定会用袖子遮着嘴巴,眼睛却透着笑意……"

"大人。"

"反正都发生在晚上,所以肯定会点个小灯架,灯光照在那女人的头发上……"

"大人。"

平中有点惊慌失措地把戴着黑漆帽的脑袋转向身后。侍童不知什么时候在身后,一动不动地低着头递上一封信,似乎正拼命地忍住笑。

"是信吗?"

"是的,侍从的……"

侍童这么说完,便匆匆地退下了。

"侍从的?真的?"

平中几乎战战兢兢地打开了薄薄的蓝色信笺。

"不是范实、义辅的恶作剧吧?那帮家伙是最喜欢干这种事的闲人……哎呀,这是侍从的信。肯定是侍从的信——可是,这叫什么信啊?"

平中把信扔在了一边。送去的信上写了"请至少回复已阅二字",结果回信果真只写了"已阅"二字——而且,还是从平中的信中剪下来贴在薄信笺上的。

"啊,啊,我这个号称天下第一的好色者,居然被这么作弄,实在令人感到惊讶。话虽如此，侍从这家伙不是挺可恶的吗？看我怎么收拾你……"

平中抱着膝盖，茫然地望着樱花树梢。在翻飞的蓝色信笺上，已落了几片被风吹掉的落花的花瓣。

三　雨夜

此后过了两个月，在一个阴雨连绵的夜晚，平中一个人悄悄地溜进了本院侍从的房间。雨发出可怕的回响，仿佛夜空融化了似的。道路与其说是泥泞不堪，不如说像发了大水似的。在这样的夜晚特意出门，再冷淡的侍从肯定也会动恻隐之心。平中这么想着，悄悄地来到侍从的房门口，一边摇响镶着银边的扇子，一边干咳着催促开门。

于是，立即出现了一个十五六岁的女童。早熟的脸上搽了粉，一副瞌睡的样子。平中凑近她，小声地请她通报侍从。

女童一度退回屋里，再次回到门口时，依然这么小声地说道："请在这边稍等。说是等大家休息后，马上来见您。"

平中不由得微笑了。于是，按女童说的，在侍从起居室隔壁的拉门旁坐了下来。

"我太聪明了。"

女童退下后，平中偷偷地笑了。

"看来这次侍从也终于屈服了。总之，女人就是容易伤感。只要对她们表示出好意，她们便很快落入圈套。正因为不懂这些要领，义辅和范实怎么都……且慢！说今夜就能见到，似乎想得太美了吧。"

平中变得有点不安起来。

"可是，如果不见，也不会说见的。是我多疑了吧？总之，连续送了大约六十封情书，也没有收到一封回信，多疑也是正常的。不过，如果不是多疑——仔细想来，又觉得不是多疑。无论被多么热烈地追求，此前一概不理不睬的侍从——话虽如此，是我追求她。被平中如此想念，她的心也许会突然融化。"

平中一边整理衣服领子，一边惴惴不安地打量着四周。可是，他的周围只见一片黑暗，其中只有雨敲打丝柏皮屋顶的声音。

"如果认为是多疑，是像多疑。如果认为不是多疑——不，我觉得也许认为自己多疑，反倒不是多疑。认为并非多疑，反倒真是多疑吧。命运这种东西就是这么捉弄人。看来要把什么都想成并非多疑才好。这样一来，那女人马上……哎呀，大家似乎都要睡了。"

平中侧耳倾听，果然发现与淅淅沥沥的雨声一起，还传来了一阵嘈杂的声音，值班的女官们像是返回各自的房间了。

"这是最考验耐力的时候了。再等一会儿，我多日的相思就会得到轻松的排解。可是，不知为什么，内心总觉得不安。对了，这样就好。如果认定见不到，反倒可以不可思议地见到。但是，捉弄人的命运也许会看穿我的如意算盘。那么，就认为能见到吧？这也太会算计了，还是不会如我所愿……啊，胸口有点痛。干脆想一些与侍从无关的事吧。所有房间都安静下来了。只能听到雨声了。那么，快点闭上眼睛，想想雨什么的吧。春雨、梅雨、雷阵雨、秋雨……有秋雨这个词吗？秋天的雨、冬天的雨、雨滴、漏雨、雨伞、祈雨、雨龙、雨蛙、雨罩、避雨……"

这时，一阵出人意料的响声震惊了平中的耳朵。不，不仅仅是震惊。听到这声音，平中脸上洋溢着比虔诚的法师突然见到弥陀来迎更加欢喜的神情。因为从拉门对面清晰地传来有人打开门钩的声音。

平中试着拽了拽拉门。就像他预想的那样，门在门槛上轻松地滑动。对面一片黑暗，弥漫着不知从哪里传出的熏香味，让人觉得有点不可思议。平中静静地关上拉门，慢慢地爬着，摸索着前行。但在这荡人心魄的黑暗中，除了天花板上传来的雨声外，再也感觉不到任何存在了。偶尔觉得手触到了什么，竟是衣架和梳妆台。平中觉得心脏跳得越来越剧烈了。

"不在吧？如果在的话，总该说话吧。"

平中这么想着的时候，他的手偶然触到了柔软的女人的手。尔后，他又继续摸索，摸到像是丝绸质地的衣服袖子，还摸到衣服下面的乳房，又摸到圆圆的脸颊和下巴，摸到比冰块还要冷的头发。——平中终于摸到了独自在黑暗中一动不动地躺着的令人思念的侍从。

这既不是梦,也不是幻觉。侍从就那么只盖了一件衣服,随意地躺在平中的鼻子下。他就那么蜷缩在那儿,情不自禁地颤抖起来。可是,侍从依然没有要动弹的样子。平中觉得这情景应该在什么草子[1]作品中写过,或是几年前在正殿的灯下看到的某幅画卷中出现过。

"诚惶诚恐,诚惶诚恐。迄今为止,我一直以为你薄情,今后我会献身于你,而非佛菩萨。"

平中一边把侍从拉到身边,一边想在她的耳边这么低声私语。可是,不管他怎么心急火燎,舌头粘着上颚,无法正常发声。不久,侍从头发上的气息,还有格外温暖的肌肤的气息都毫不客气地包围了他。这时,侍从轻微的呼吸扑面而来。

一瞬间——这一瞬间过去后,他们便会沉浸在爱欲的暴风雨中,肯定会忘了雨声、淡淡的熏香、本院大臣、女童。但是,就在这千钧一发之际,侍从半欠起身体,把脸靠近平中的脸,用羞怯的声音说道:

"请等等。那边的拉门还没有挂上门钩。挂上门钩再回来。"

平中只是点了点头。侍从在两人的褥子上留下温馨的暖和气

---

[1] 草子,原意是"册子"的意思,可作"文学作品"理解。

儿，就那么悄没声息地站起身走了。

"春雨、侍从、弥陀如来、避雨、雨滴、侍从、侍从……"

平中一直睁着眼睛，想着这些连他自己都不明白的事。这时，从对面的黑暗中传来哗啦一声挂上门钩的声音。

"雨龙、香炉、雨夜品评[1]、梦中两相拥，春宵暗度转头空，何如在梦中[2]，梦里也[3]……是怎么回事？门钩应该已经挂好了，可是……"

平中抬头看了看，可是周围和刚才一样，只有散发着淡淡的熏香味的优雅的黑夜。侍从去哪里了呢？甚至听不到衣服的摩擦声。

"难道……不，没准……"

平中爬出褥子，又像刚才那样用手摸索着来到对面的拉门处。拉门从房间外面牢牢地拴好了。而且，即便侧耳细听，也听不到任何脚步声。所有人都在夜深人静的大雨中熟睡了。

"平中，平中，你已经不是什么天下第一的好色者了。"平中靠着拉门，神情恍惚地嘀咕着。

"你的外表也衰败了，你的才气也不如往昔了。你是一个比范实和义辅还要让人瞧不起的窝囊废……"

---

[1] 雨夜品评女性，典出《源氏物语》"帚木"卷。
[2] 典出《古今和歌集》第647号和歌，中译参见王向远译文。
[3] 或是引用了《古今和歌集》第767首和歌。

四　好色问答

这是平中的两个朋友——义辅和范实之间的一段闲话。

义辅　听说平中都敌不过那个叫侍从的女人。

范实　有这种传言。

义辅　对那家伙是一次很好的教训。那家伙勾引除女御更衣[1]之外的所有女人，是该教训一下。

范实　哎呀！你也是孔子的弟子吗？

义辅　我对孔子的教诲一无所知，但至少知道多少女人因为平中而哭泣。顺便补充一句，有多少痛苦的丈夫，有多少愤怒的父母，有多少怨恨的家臣，这些我也并非一无所知。对这种扰众者，理应好好地教训一下，你不这么认为吗？

范实　也没那么简单吧。也许确实因为平中一人，世人不堪其扰。但是，这些罪过也不该让平中一人承担吧？

义辅　那么，还应该由谁承担？

范实　应该由女人承担啊。

义辅　让女人承担，也太可怜了吧。

范实　全部让平中承担，也太可怜了吧？

义辅　可是，是平中勾引的。

---

[1] 指宫中的妃子。

范实 男人在战场上拿起大刀厮杀,而女人则用阴谋手段陷害人,但杀人之罪有什么不同吗?

义辅 你特别偏袒平中啊。不过,有一点确切无疑吧?我们没让世人受苦,但平中让世人受苦了。

范实 这也很难说。我们人类也不知由于什么因果,只要活着就一刻都不会停止相互伤害。只是平中比我们给世间带来了更大的痛苦而已。这一点对那样的天才而言,也是无可奈何的命运。

义辅 别开玩笑了。如果平中算天才,这水池里的泥鳅也能变成龙吧。

范实 平中确实是天才。你注意一下他的脸,听听他的声音,读读他的文章。如果你是女人,和他相处一夜。那男人和空海上人[1]啦,小野道风[2]之类是一样的,从离开娘胎时就被赋予了非凡的才华。如果说那人不是天才,天下就没有一个天才了。在这一点上,我们两人也都不是平中的对手啊。

义辅 但是,天才不会像你说的那样整天造恶吧?比如,看

---

[1] 空海(774—835),日本高僧,灌顶名号遍照金刚,谥号弘法大师,曾在中国学习唐密,回国后开创日本佛教真言宗。唐代长安青龙寺惠果阿阇梨授其为八代祖。

[2] 小野道风(894—967),小野篁之孙。在摹仿我国王羲之字体的基础上,形成自己的秀气风格,是和样书法的创始人。

道风的书法就会被微妙的笔力打动,听空海上人的诵经……

范实　我并没有说天才整天造恶,只是说天才也会造恶。

义辅　那么,和平中不一样吧?那家伙造的全是恶。

范实　那肯定是我们无法理解的。对一个连假名都写不好的人而言,道风的书法不也很无聊吗?对一个没有一点信仰的人而言,比起空海上人的诵经,也许傀儡艺人的歌更有趣。要想理解天才的功德,我们也必须具备相当的条件。

义辅　你说得对,可平中尊者的功德……

范实　平中的情况不也一样吗?那种天才的功德,肯定只有女人才知道。你刚才不是说不知多少女人因为平中而哭泣吗?可我想这么反过来说,不知多少女人因为平中体验了无上的欢喜,不知多少女人因为平中而感到了生活的价值,不知多少女人因为平中而学会了牺牲的可贵,不知多少女人因为平中……

义辅　哎呀,已经足够了。如果像你这样强词夺理,稻草人也能会变成铠甲武士。

范实　如果像你这样喜欢忌妒,铠甲武士也会被当作稻草人。

义辅　喜欢忌妒?哈哈,太出人意料了。

范实　你为什么不像谴责平中那样谴责那些淫荡的女人呢?即便嘴上谴责她们,可心里并没有谴责。那是因为彼此都是男人,所以不知不觉地掺入了妒忌的成分。我们或多或少都有一个不为人知的野心,如果可能的话,都希望成为平中。正因为如此，平中比密谋造反者更让我们憎恨，想来也挺可怜的。

义辅 那么，你也想成为平中吗？

范实 我吗？我不太想。所以，我看平中，比你来得公平。平中和一个女人好上后，会很快地厌倦那女人。并且，会立即沉迷于另外什么女人，以至于达到可笑的地步。那是因为在平中的心里，总是依稀萦绕着一个巫山神女[1]般的绝世美人形象。平中总想从世间女人身上看到那种美丽。当他迷恋对方时，他以为自己已经看到了。可是，如果见上两三次，那样的海市蜃楼便会坍塌。为此，他从一个女人辗转到另一个女人。而且，在这个末法时代[2]，根本没有那样的美人。所以，平中的一生最终只能以不幸告终。在这一点上，你我要幸福得多。但是，平中之所以不幸，是因为他是天才，那不限于平中一个人。空海上人和小野道风肯定也像那家伙吧。总之，要想获得幸福，凡人是最好的⋯⋯

五　哀叹大小便之美的男子

平中独自寂寞地站在本院侍从房间附近悄无人息的走廊上。

---

[1] 宋玉《高唐赋》中的故事，楚襄王梦中的女神。
[2] 佛教用语。佛陀教法住世时期划分为正法、像法及末法三个时期。关于三时的时限，有多种说法，通常认为佛陀入灭后正法五百年（也有一千年之说），像法一千年，末法一万年。

即便看照在走廊栏杆上的油亮的日光色,今天似乎又更热了。可是,屋檐外的天空中,一棵棵抽绿的松树正静静地守护着阴凉。

"侍从不理我,我也已经对她死心……"平中这么茫然地想着,脸色依然苍白。

"可是,无论怎样死心,侍从的身影必定像幻影般浮现在我的眼前。自从那个雨夜以来,只为忘却她的身影,我向四方神佛虔诚祈祷。可是,去加茂神社,便见神镜清晰地映出侍从的脸。踏入清水寺的正殿,甚至连观世音菩萨的身影也变成了侍从。如果这个身影不离开我的心,那我肯定会因相思病而死去……"

平中长长地叹了一口气。

"但是,要想忘记那身影——只有一个办法,那就是找出那女人的什么粗俗之处。侍从也不是天人,也藏有很多污秽吧。只要发现其中一点,就好像化作妻子的狐狸被人看到尾巴一样,侍从的幻影也就消失了。我的生命在那一刹那间才能属于自己。可是,什么地方粗俗呢?什么地方隐藏着污秽呢?这是谁也不会告诉我的。啊!大慈大悲的观世音菩萨,请您开示,侍从和河滩的女乞丐实际上没什么区别的证据……"

平中这样想着,忽然抬起沉郁的视线。

"哎呀,那边过来的,不正是侍从房间里的女童吗?"

那个看上去聪明伶俐的女童,身着红色瞿麦图案的薄衣,下面穿着深色的裙裤,正朝这边走来。她将便器似的东西藏在一把红色画扇背后,肯定是去倒侍从拉下的大小便吧。见此情景,一个大胆的决定在平中的心里如闪电般划过。

平中眼神一变,挡住了女童的去路。尔后,一把抢过便器,跑进走廊对面一间无人的房间。遭到突然袭击的女童自然一边哭着,一边吧嗒吧嗒地追了过来。可是,平中一跑进房间,便关上拉门,并迅速地挂上了门钩。

"是的,看这里面就可以了。百年之恋也会在一瞬间烟消灰灭……"

平中用不停颤抖的手,揭开搭在便器上的丁香染布。出人意料的是,便器极为精巧,还是全新泥金画的。

"这里面有侍从的大小便,同时也有我的命……"

平中就那么站在那里,目不转睛地盯着美丽的便器。女童还在房间外面抽泣。可是,不知什么时候,那抽泣声被一阵郁闷的沉默吞噬了。这时,拉门和隔扇也开始像雾霭般消失了。不,平中现在甚至分不清白天与夜晚。他的眼前只有一只画着杜鹃鸟图案的便器清晰地浮现在空中……

"我的性命能否得救和侍从能否彻底诀别,全都维系在这只便器上了。只要打开这只便器的盖子——不,这得好好想想。是忘掉侍从好,还是苟且偷生好,我答不上来。即使相思而死,也还是不要打开这便器的盖子吧?"

平中憔悴的脸颊上闪着泪花,他现在倍感困惑。但是,沉吟

了片刻后,他的眼睛突然闪亮了,内心声嘶力竭地喊道:

"平中!平中!你这么没出息?你忘了那个雨夜了吗?也许侍从现在还在嘲笑你的痴恋。活下去!要好好地活下去!只要见到侍从的大小便,你肯定可以旗开得胜……"

平中几乎像疯子般揭开了便器的盖子。便器里装了一半淡淡的明黄色液体,还有两三个明黄色的东西沉在下面。这时,仿佛做梦似的,一阵丁香花味扑鼻而来。这就是侍从的大小便吗?不,即便是吉祥天女[1],也不可能排出这样的大小便。平中皱着眉头,捏起浮在最上面的两寸左右的东西。尔后反复地闻着气味,几乎快要碰到胡子了。没错,这无疑是最上等的沉香味。

"这个怎么样!这液体好像也有香味……"

平中把便器倾斜过来,轻轻地吮吸了一口。肯定也是煮过第二道的丁香液。

"这么说来,这也是香木吗?"

平中把刚才捏起的两寸左右的东西放到嘴里嚼了嚼。有一种几乎能够浸透牙齿的、又苦又甜的味道。不仅如此,他的嘴里即刻弥漫着一种比柑橘花更加清凉的奇妙气味。不知侍从怎么推断

---

[1] 吉祥天女,是婆罗门教、印度教的幸福与财富女神,相传为毗沙门天王之妹,佛教吸收她为护法天神,有大功德于众生,因而又称功德天,详见《金光明最胜王经》等相关文献。

的，为了粉碎平中的诡计，制作了香料工艺的大小便。

"侍从！你杀了平中啊！"

平中这么呻吟着。吧嗒一声丢下泥金画便器，扑倒在地板上。他那濒死的瞳孔中，又浮现出紫金色光环包裹着的侍从在朝他嫣然微笑……

但是，侍从那时的样子，确实不知什么时候头发变多了，脸也几乎变得像玉那么温婉。

大正十年（1921）十月

六宫公主

武士手按刀柄,但声音在曲殿上空拖了一阵长长的尾音,尔后又渐渐地消失了。

一

六宫公主[1]的父亲是过去的一位皇女生的,却是一位赶不上时势的古板的人,官位也只升到兵部省次官。公主与这样的父母住在六宫边高坡的公馆里,六宫公主的名字是从当地的地名得来的。

父母非常宠爱公主,但也还是古式做法,并没急着把她嫁出去,一心只等着有人来求婚。公主也按照父母的教育,谦恭地过着每一天,那是一种既不知悲伤也不知喜悦的生活。不过,不谙世事的公主并没有感到什么不满,心想:"只要父母身体健康就好了。"

古池边的垂枝樱花树每年都会开放一些寥落的花朵。不知不觉间公主也长成一个娴熟的美女。可是,作为靠山的父亲,因长年嗜酒,突然成了故人。不仅如此,母亲怀念亡人,哀叹不已,

---

[1] 见于多种文献,但主要依据《今昔物语集》卷十九。

大约过了半年,最后也追随父亲去了。公主不仅悲伤,更是不知所措了。事实上,足不出户的千金除了一位乳母外,再也没有可以依靠的人了。

乳母忠心耿耿,为了公主不惜拼命劳碌。可是,家传的螺钿匣子和银香炉都一件件地变卖了。与此同时,男女下人也开始一个个地告辞走了。公主也渐渐明白了生计的艰难。但是,公主对这一切都无能为力。她在寂寞的公馆厢房里,和过去完全一样,弹弹琴,吟吟诗,重复着单调的生活。

在一个秋天的傍晚,乳母走到公主面前,迟疑了好一会儿,说出了这样的话:

"我那当法师的外甥求我,说是丹波国[1]前国司大人想见您一面。听说他长得一表人才,心肠也好。他父亲也是地方官,却是公卿之后,您见上一面吧?比这么无依无靠地过日子要好一点……"

公主小声地哭了。为了补贴不尽如人意的生活,而委身于那个男人,这和卖身一样。当然,也知道世间这样的事很多。可是,现在轮到自己头上,就更加伤心了。公主面对着乳母,在葛叶[2]翻动的风中,一直用袖子遮着脸……

---

[1] 位于今天京都府西北部一带。
[2] 日本和歌枕词之一,常与"怨恨"连用。

二

可是，不知从什么时候开始，公主就每夜和这男子相会了。男子正像乳母说的，是个心地善良的人，容貌也确实风雅，而且谁都看得出来，他对公主的美貌十分倾倒。公主也不讨厌这男人，有时还觉得有了依靠。可是，在画有蝶鸟图案的围屏背后，在晃眼的灯光下，与男子相亲相爱时，也没有一夜感到欢乐。

这期间，公馆里开始增添了新气象，黑漆架子和帘子也都换了新的，下人也增加了，乳母更加朝气蓬勃地维持家计。但是，公主对这种变化看得很淡。

有一个雨夜，男子与公主对酌饮酒，讲了一个发生在丹波国的可怕故事。有一个去出云的旅客借宿在大江山脚。这家的妻子刚好在那夜平安地生下一个女孩。旅客看见产房里跑出一个莫名其妙的彪形大汉，口称"寿命八岁，自杀而亡"，忽然便不见了踪影。尔后，第九年时，旅客这次在返京途中，又投宿在这户人家。可是，女孩果然在八岁时意外死亡了。而且，是从树上掉下来时，镰刀扎进了喉咙。故事大致上就是这样。公主听到这个故事时，深感人生有命。和那个女孩相比，自己有这个男人可以依靠，肯定还算是幸运的。

"一切都只能听其自然。"公主这么想着，只在脸上装出娇艳的笑容。

公馆屋檐下的松树，好几次被大雪压断了枝条。公主白天跟原先一样，弹弹琴，玩玩双六，晚上和男子在一个被窝里，听水鸟飞进池塘的声音，过着很少悲哀，也很少喜悦的生活。不过，公主依然从慵懒的安逸中发现了短暂的满足。

但是，这安逸的生活也突然到了尽头。刚刚入春的一个晚上，当屋里只有他和公主两人时，男子难以启齿般地说道："和你相会，这也是最后一夜了。"男子的父亲在本次任命仪式上，被任命为陆奥[1]守，男子也得和父亲一起去多雪的陆奥。与公主分别，男子当然也很悲伤。可是，有公主这么个妻子是瞒着父亲的，现在也不好挑明。男子唉声叹气地慢慢地说明了原委。

"但是，任期是五年，到时就可以团聚了，请等着我！"

公主已经哭倒了。即便谈不上爱恋，与托付终身的男子分别，这悲哀也是无以言表的。男子抚摩着公主的脊背，一再安慰鼓励她。可是，他也是一开口便哽咽住了。

这时，还蒙在鼓里的乳母和年轻的女仆们，端来了酒壶和高座漆盘，一边告诉他们，古池边的垂枝樱花也已经长出花骨朵了……

---

[1] 相当于现在青森县和岩手县的一部分。

三

　　第六年的春天到了。可是，去陆奥的男子终于没有返京。这期间，下人一个不剩地走了。公主住的东厢房，也在某年的大风中倒塌了。从那以后，公主和乳母一起住在下人的屋子里。那屋子又小又破，仅仅遮蔽一下风雨罢了。乳母自从搬到这里，一见到可怜的公主，总是禁不住落泪。不过，有时又无缘无故地总发脾气。

　　生活的艰辛自不必言，橱柜早就换成了大米和青菜。现在，公主的衣服和裙裤也只有身上穿的这一套了。有时没有柴烧，乳母便去坍塌的正房拆木板。但是，公主仍和过去一样，弹弹琴，吟吟诗，以消愁解闷，并静静地等着男子。

　　于是，那年秋天的一个月夜，乳母走到公主跟前，迟疑了好一会儿，这么说道：

　　"大人不会回来了，您也忘了大人吧。近来有一位典药寮的次官，很想结识公主，一直在催问……"

　　公主听了这话，想起六年前的事。六年前悲伤至极，无论怎么哭，都哭个没完。可是，现在身心俱疲。"只想安安静静地老朽下去。"……再也没有别的想法了。公主听完这话，望着天上的明月，慵懒地摇了摇头，满脸憔悴的样子。

　　"我什么也不需要了，反正活着和死了也都一样……"

　　刚好同一时刻，男子在遥远的常陆国的公馆里，正和新妻对酌饮酒。妻子是父亲看上的,是这里国守的女儿。

"是什么声音?"

男子吃惊地望着月光下的房檐。当时,不知为什么,他的心中忽然清晰地浮现出公主的形象。

"是栗子掉下来了吧。"

常陆的妻子回答着,一边粗鲁地为他斟酒。

四

男子返京正好在第九年的晚秋时节。男子与常陆的妻子一家人在进京途中,为了避开不吉利的日子,在粟津停留了几天。进京那天,为了不惊动人,专门拣了黄昏时。男子还在乡下时,已几次派人给京都的妻子捎去了详尽的口信。可是,要么信使一去不返,有的回来了也没找到公主的公馆,没打听到任何消息。因此他一进京,便更加地想念了。男子把妻子平安地送到岳父家后,连行装都没有放下便去了六宫。

到六宫一看,从前的四柱大门、丝柏树皮屋顶的正房、厢房现在全都没有了,只剩下还没有完全倒塌的板心泥墙。男子就那么站在草丛中,茫然地环视着荒芜的院子。只见已埋了一半的池塘里种着一些雨久花。在隐约的新月的月光下,雨久花叶子茂盛。

男子发现像是正院的地方有一间倒塌的板房。走上前,发现板房里似乎有人。男子在黑暗中小声地招呼那人影。于是，从月光中颤巍巍地走出一个老尼姑，好像在什么地方见过。

男子报上名字，尼姑什么也没说，只是哭个没完。尔后，才断断续续地讲了公主的情况。

"您可能忘了，我是在这里侍奉过的下女的母亲，大人您走后，女儿还在这里效劳了五年左右。可是，这期间我要和丈夫一起去但马，就和女儿一起告辞了。可是，最近挂念公主，我一个人上京探望。您瞧，公馆什么的全都没了吧？公主也不知去了哪里——实际上，我也正发愁。大人您可能还不知道，我女儿还在这里时，公主的日子已经凄惨到无以言表……"

男子听了这番话，便脱下一件内褂送给了这位已经驼背的尼姑，尔后低着头默默地从荒草中走了回去。

五

从第二天开始，男子为了找到公主，又跑遍了京城各处。可是，哪里都找不到公主。

于是，又过了几天的一个傍晚，为了躲阵雨，男子站在朱雀门前西曲殿的檐下。除男子之外，这地方还有一个乞丐似的法师也在躲雨。雨在朱漆门的上空寂寞地下着。男子没有理会法师，为了排遣焦躁的心情，他在石阶上走来走去。这时，男子忽然听到昏暗的窗棂内好像有人,他几乎下意识地朝窗户里面看了一眼。

只见一个尼姑正在照顾一个裹着破草席的病女人。即便在昏暗的夕阳中,也能看出女人瘦得不成样子了,但男子一眼便看出那正是公主。男子想叫她,但看到她那凄惨的样子,不知为什么没叫出声。公主并不知男人在外面,她在破草席上翻了一个身子,痛苦地吟诵道:

"曲肱为枕啊,枕边风觉寒;如今已习惯,随处可安身。"[1]

男子听到这声音,忍不住叫了公主的名字。公主从枕上抬起头。可是,一看到男子,忽然小声地叫了一声,又趴在草席上了。尼姑——那位忠心的乳母,与突然闯进的男子一起,慌忙抱起公主。但是,看公主的脸,乳母自不必言,男子也更加惊慌失措了。

乳母疯了似的跑到乞丐法师那里,请他为临终的公主念经。法师答应了乳母,坐在公主的枕边。可是,他没有念经,却对公主这么说道:

"往生不能借助他力,你自己要虔诚地念阿弥陀佛。"

公主躺在男子的怀里,小声地念起了佛号,忽然恐惧地盯着门上的藻井。

"啊,那里有一辆着火的车……"

"不要怕那种东西,只管念佛就可以了。"

---

[1]《今昔物语》《拾遗和歌集》中的诗作。

法师鼓励她。过了一会儿,公主又似梦非梦般嘟囔着:

"看见金色莲花了,像宝盖一样大的莲花……"

法师正要说什么,但公主又断断续续地开口了。

"已经看不到莲花了,只有风在一片漆黑中吹着。"

"一心念佛!为什么不一心念佛?"

法师几乎训斥般地说道。可是,公主好像快要断气了似的,只是重复着同样的话。

"什么……什么也看不见,只有风在一片漆黑中——只有冷风吹着。"

男子和乳母忍着泪水,嘴里不停地念着佛。法师自然两手合十,帮助公主念佛。在雨声夹杂着念佛声中,躺在破草席上的公主渐渐地断了气……

六

此后又过了几天的一个月夜,劝公主念佛的法师,仍然在朱雀门前的曲殿里,穿着破烂的衣服,抱着膝盖。这时,一个武士悠然地唱着什么,从月光下的大路走来。武士一见法师,便停下穿着草鞋的脚步,随口问道:

"听说最近在朱雀门边常听到女人的哭声?"

法师就这么蹲在石阶上,只回了一句:"请听!"

武士侧耳倾听，可除了若有若无的虫声外，什么也没听到。周围只有松树的气息飘荡在夜晚的空气中。武士正要开口，可是还没等他开口，忽然不知从什么地方传来了女人低低的叹息声。

武士手按刀柄，但声音在曲殿上空拖了一阵长长的尾音，尔后又渐渐地消失了。

"请为她念佛吧！"

法师在月光中抬起头来。

"这是一个不知极乐世界也不知地狱的没出息的女魂。请为她念佛吧！"

但是，武士也不作答，只是盯着法师的脸，突然吃了一惊似的，冷不防双手伏地行礼。

"您不是内记上人吗？为什么在这里？"

俗名庆滋保胤[1]，世人称之为内记上人，他在空也上人[2]的弟子中，也是一位德高望重的沙门。

大正十一年（1922）年七月

---

[1] 日本平安中期汉学家，曾任记录宫中事务的大内记一职，后出家，有作品《池亭记》《日本往生极乐记》等。

[2] 日本平安中期高僧。

来自第四丈夫的信

只有这西藏的拉萨特别让我喜欢,并非因为我喜欢这里的风景或气候之类。实际上,我觉得这里不以懒惰为恶的美好风气是一种美德。

这封信应该装入了寄给印度大吉岭的佳卜增喇嘛的信中,请他转寄到日本的。我多少也有点担心这封信是否能够顺利地交到你手上,但我想即便没有交到你手上,你也没有特别想着我会寄信给你。想到这一点,我就完全放下心来了。不过,如果你收到这封信,你肯定会对我的命运感到吃惊吧。第一,我住在西藏。第二,我成了中国人。第三,我和三个丈夫共同拥有一个妻子。

　　我之前给你写信是我住在大吉岭的时候。我从那时起就已经打扮成中国人了。原本天下没有国籍这么麻烦的负担,正因为只有中国国籍几乎无人过问你有没有,所以非常方便。你还记得高中时给我起了一个外号叫"漂泊的犹太人"[1]吧。实际上我就像你说的那样,似乎生来就是"漂泊的犹太人"。不过,只有这西藏的拉萨特别让我喜欢,并非因为我喜欢这里的风景或气候之类。实际上,我觉得这里不以懒惰为恶的美好风气是一种美德。

---

[1] 这也是芥川龙之介同名小说的题名。

你学识渊博，知道阿底峡尊者[1]送给拉萨的名字吧？但拉萨未必是食粪饿鬼之都。城市倒比东京住着舒服。只是，拉萨市民的懒惰应该称作天堂的壮观景象。妻子今天也照样在满是麦秆的门口就那么抱着膝盖，静静地睡着午觉。这并非我家独有的景象，无论哪家门口肯定都有那么两三个人在打盹儿。这种充满和平的景象在世界任何地方都看不到吧？而且，在他们的头上——喇嘛教寺院的塔上，一个略微苍白的太阳令拉萨周边的雪山山顶朦胧闪耀。

我打算至少在拉萨住上几年。除了这里懒惰的美德外，也许也因为妻子的美貌吸引了我。妻子叫达娃，邻居们也都公认她是美人。她的个子比一般人略高一点儿吧。她的脸就像她的名字（达娃是月亮的意思），污垢下的皮肤白白的，眼睛总是眯成一条缝，是个非常温顺的女人。前面略微提及，她有包括我一共四个丈夫。第一位丈夫是个行脚商，第二位丈夫是步兵伍长，第三位丈夫是喇嘛教的佛画师，第四位丈夫是我。我最近也有工作了。总之，我成了一个以手工取胜的相当不错的理发师。

你是个严谨的人，会看不起像我这样甘于忍受一妻多夫的人吧？可是，要让我说的话，所有婚姻形式都不过是一种权宜之

---

[1] 阿底峡尊者（982—1054），古印度僧人、佛学家，后应邀到中国西藏弘法，是西藏地区在朗达玛王灭法之后，复兴西藏佛教的第一位重要人物。

计。一夫一妻制的基督教徒未必就比我们这些异教徒道德高尚。不仅如此,事实上的一妻多夫和事实上的一夫多妻一样,肯定在任何国家都存在。实际上,在西藏也并不是完全没有一夫一妻,只是被冠以破格之名而受到歧视,就像我们这种一妻多夫在文明国度里也受到歧视一样。

我对与另外三个丈夫共同拥有一个妻子并没有感到任何不方便,另外三个人也一样吧。妻子平等地爱着这四个丈夫中的每一个人。我还在日本时,也曾经和三个男人一起共有过一个艺妓。比起那个艺妓,达娃简直就是个女菩萨,那个佛画师确实给达娃起了莲花夫人的外号。实际上,必须说在河边的垂柳下抱着婴儿的妻子仿佛带着光环。她有三个孩子,老大六岁,还有一个正在吃奶。当然,孩子们不会把她的哪个丈夫认作父亲,他们都把第一位丈夫叫爸爸,把我们三个叫叔叔。

可是,达娃也是女人,也不是没犯过错误。算来大约两年前,她曾经和卖珊瑚珠商人的伙计一起骗过我们。这事被第一位丈夫发现后,背着达娃和我们商量善后措施。当时,最气愤的是第二位丈夫,就是那个步兵伍长,他提议立即把两人的鼻子割下来。敦厚的你肯定会批评这话太残酷。不过,割鼻子是西藏的一种私刑(就像文明国家用报纸进行攻击一样)。第三位丈夫,就是那个佛画师实在为难地只是一个劲儿地掉眼泪。我对那三个丈夫提议说,先割掉伙计的鼻子,至于达娃的处置要看其悔改程度。当然,谁也不想割掉达娃的鼻子。第一位丈夫,就是那个行脚商立即赞同我的提议。佛画师好像也有点同情那个不幸伙计的鼻子,可是为了不惹伍长生气,也表示同意我的意见。伍长也——伍长想了一会儿,最后长长地叹了一口气,说道:"也为孩子考虑吧。"勉强同意了我们的方案。

第二天,我们四个人轻而易举地把那伙计捆了起来。尔后,伍长作为我们的代理人,接过我的剃刀,毫不费力地割了他的鼻子。贤明的你自然也能推测出那之后的事吧。达娃此后贤淑地爱着我们四个人。这么说来,行脚商昨天感慨地对我这么小声说道:"鼻子还是那么处理最好。"

达娃刚刚午睡醒来,她要带我去散步。那么,遥祝远隔重洋的你幸福!这封信也暂且就此搁笔。现在,拉萨家家户户的院子里都盛开着桃花。今天幸好也没有刮风扬尘。我们现在打算到监狱前面去看一对被罚示众的男女,他们因表兄妹结婚而犯了通奸罪。

大正十三年(1924)三月

一篇恋爱小说[1]

请看世间的恋爱小说,女主人公不是玛利亚[2],便是克利奥帕特拉[3]吧?但是,人生中的女主人公未必是贞女,同时也未必是淫妇。

---

[1] 英国诗人罗伯特·勃朗宁(Robert Browning,1812—1889)的诗集《男男女女》(1855)的卷头诗《废墟中的爱》的最后一句。
[2] 指基督的母亲,圣母玛利亚。
[3] 通称埃及艳后(约前69—约前30年),是古埃及托勒密王朝的最后一任女法老。

某妇女杂志社的会客室。

主笔 胖墩墩的四十岁左右的绅士。

堀川保吉 三十岁左右，在肥胖的主笔的衬托下，看上去越发显得瘦——很难用一句话形容，但总之不好用"绅士"称呼倒是事实。

主笔 这次可以请您为我们杂志写篇小说吗？近来读者的要求太高了，已经不满足于老一套的恋爱小说……所以，想请您写一篇扎根于更深刻的人性基础上的、认真的恋爱小说。

保吉 我可以写。实际上，我最近有一篇准备写给妇女杂志的小说。

主笔 是吗？那太好了。如果可以写，我们会在报纸上隆重推介，会打出广告"出自堀川氏手笔的哀婉至极的恋爱小说"之类。

保吉 "哀婉至极"？但我的小说叫"恋爱至上"。

主笔 这么说来，是赞美恋爱啊，那就更好了。因为自从厨川博士[1]的《现代恋爱论》发表以来，青年男女的心普遍倒向恋爱至上主义……不用说，是现代恋爱吧？

保吉 哎呀，这就难说了。现代式怀疑啦、现代式匪徒啦、现代式染发啦——这些肯定是有的吧。但是，唯独恋爱，好像自古代的伊邪那岐、伊邪那美[2]以来没有什么变化啊……

主笔 那只是从理论上而言。例如，三角关系什么的就是现代式恋爱的一个例子，至少从日本的现状而言。

保吉 啊，三角关系吗？我的小说中也有三角关系……我把梗概大致说一下吧？

主笔 能说一下最好。

保吉 女主人公是一位年轻太太，是外交官的夫人。自然是住在山手的宅邸。身材苗条、举止优雅，头发总是——读者到底要求女主人公梳什么发型？

主笔 不露出耳朵的发髻吧。

保吉 那就设定为不露出耳朵的发髻吧。总是梳着不露出耳朵的发髻，皮肤白皙，眼睛格外清澈，嘴唇有点个性——拿电影来说，就像栗岛澄子[3]。她那外交官丈夫也是新时代的法学士，

---

[1] 厨川白村（1880—1923），毕业于东京大学，日本英文学者、评论家。
[2] 日本神话中创造日本国土的夫妇神灵。
[3] 栗岛澄子（1902—1987），日本电影演员，曾在大正时期风靡一时。

而不是新派悲剧中的那种不通人情世故的人。他在学生时代是个棒球手，业余时间还读读小说，是个皮肤微黑的美男子。两人新婚燕尔，在山手的宅邸幸福地生活着，有时也一起去听音乐会，也在银座街头散步……

主笔 肯定是大地震前吧？

保吉 是的，是震灾很久以前。……有时也一起去听音乐会，也在银座街头散步。有时则在西式房间的电灯下，相互无言地微笑。女主人公称这西式房间是"我们的窝"，墙上挂着雷诺阿[1]、塞尚[2]的复制品之类。钢琴乌黑锃亮，椰树盆景枝繁叶茂。这么说来，还是挺雅致的，可房租格外便宜。

主笔 这种说明不需要吧，至少在小说的正文中。

保吉 不，这是必要的，因为年轻外交官的月工资是有数的。

主笔 那么，就把他写成华族的儿子。如果是华族，自然是伯爵或子爵。不知为什么，公爵或侯爵好像不怎么出现在小说中。

保吉 伯爵的儿子也没关系。总之，只要有西式房间就可以了。我在第一章里会写西式房间或银座大街或音乐会……但是妙子——这是女主人公的名字——自从和音乐家达雄成为好朋友之

---

[1] 皮埃尔·奥古斯特·雷诺阿（1841—1919），生于法国，印象派重要画家，以油画著称。
[2] 保罗·塞尚（1839—1906），法国著名画家，后期印象派的主将。

后，便渐渐地感到某种不安。达雄爱着妙子——这是女主人公的直觉。不仅如此，这种不安一天天地加深。

主笔 达雄是怎样的男人？

保吉 达雄是一位音乐天才，是把罗曼·罗兰[1]笔下的约翰·克里斯朵夫和瓦塞尔曼[2]笔下的达尼埃尔·诺特哈夫特合为一体的天才。只是因为贫穷等原因，还没有获得承认。我打算以我的一个音乐家朋友为原型。不过，我的朋友是个美男子，但达雄不是。脸乍一看像大猩猩，一副东北人的野蛮相。但是，只有眼睛闪烁着天才的光芒。他的眼睛像一团炭火般孕育着不间断的热情。——就是那样一双眼睛。

主笔 天才肯定受欢迎。

保吉 但妙子对外交官丈夫并没有什么不满意的。不，不如说比以前更加热烈地爱着丈夫。丈夫也信任妙子。这自然是不言而喻的吧。因此，妙子的痛苦越发严重了。

主笔 总之，我所说的现代就是指这种恋爱。

保吉 每天只要一开灯，达雄总会出现在西式房间。如果丈夫在家，妙子倒没有什么心理负担。可妙子一个人在家时，达雄

---

[1] 罗曼·罗兰（1866—1944），法国思想家、批判现实主义作家，1915年诺贝尔文学奖得主，是20世纪上半叶法国著名的人道主义作家。
[2] 雅各布·瓦塞尔曼（1873—1934），德国作家。达尼埃尔·诺特哈夫特是《抱鹅的男人》的主人公。

还是照常来。妙子无奈,这种时候只好让他一个劲儿地弹钢琴。当然,即便丈夫在家,达雄基本上也是坐在钢琴前。

主笔 这期间陷入恋爱了吗?

保吉 不,不会轻易陷入。可是,二月的一个夜晚,达雄突然弹起了舒伯特的《致西尔维亚》,那是一支如火焰奔流般充满热情的曲子。妙子在宽大的椰子叶下屏息静听。这时,她渐渐感到了自己对达雄的爱,同时还感到了浮现在眼前的金色的诱惑。再过五分钟——不,再过一分钟,也许妙子就已投入达雄的怀抱了。刚好当曲子就要结束时,幸好丈夫回来了。

主笔 接下来呢?

保吉 此后过了一个星期左右,妙子终于忍不住痛苦的折磨而决心自杀。可是,刚好有孕在身,她没有自杀的勇气。于是,她把被达雄所爱一事向丈夫和盘托出。只是隐去了自己也爱着达雄这件事。

主笔 接下来是决斗什么吗?

保吉 不,丈夫只是在达雄来时,冷淡地拒绝了他。达雄默默地咬着嘴唇,一个劲儿地盯着钢琴。妙子站在门外,强忍着哭泣。此后不到两个月,丈夫突然接到命令,将去中国的汉口领事馆赴任。

主笔 妙子也一起去吗?

保吉 当然一起去。可是,妙子在出发前给达雄寄了一封信。"我对你的心表示同情,可我实在无能为力,彼此认命吧。"——大致是这么个意思。从那以后直到今天,妙子再也没有见过达雄。

主笔 那么,小说到此为止吧?

保吉 不,还有一点。妙子到汉口后,还时常想起达雄。不仅如此,她最后以为自己实际上更爱达雄而不是丈夫。您听着,妙子身处汉口寂寞的风景,那是唐朝崔颢"晴川历历汉阳树,芳草萋萋鹦鹉洲"诗中吟诵过的风景。妙子终于再次——那是一年后——给达雄寄了信,"我爱过你,现在还爱着你。请可怜我这自欺欺人的人"。——寄出了这么一封信。达雄收到这封信……

主笔 马上动身去中国了吧?

保吉 这是无论如何不可能的事。毕竟为了混饭吃,达雄在浅草的一家电影院弹钢琴。

主笔 这有点煞风景啊。

保吉 煞风景也是没办法的事。达雄在城关咖啡馆的桌上打开妙子的来信。窗外的天空下着雨。达雄呆呆地注视着信。他仿佛从信的字里行间看到了妙子的西式房间,仿佛从钢琴盖上看到了电灯映照的"我们的窝"……

主笔 总觉得缺了点什么,却仍不失为近来的佳作,请务必写出来。

保吉 实际上还有一点。

主笔 唉?还没完吗?

保吉 是的,过了一会儿,达雄笑了。转眼间又可气地骂了一声:"他妈的!"

主笔 哈哈,是发疯了吧。

保吉 不是,是荒唐得让他急得发脾气,那该发急吧,因为达雄从来没有爱过妙子……

主笔 可是,那么……

保吉 达雄只是因为太想弹琴才去妙子家的。也就是说,他只是爱上了钢琴,因为贫穷的达雄肯定没钱买钢琴啊。

主笔 可是,堀川……

保吉 但是,对达雄而言,过去有电影院的钢琴可弹还算是幸福的。最近发生地震以来,达雄做了巡警。护宪运动时,他还遭到了善良的东京市民的群殴。只是在山手一带巡逻时,只要偶尔听到钢琴声,他就会站在那户人家的外面,梦想着虚幻的幸福。

主笔 这么一来,好不容易创作的小说……

保吉 嘿,请听我说。妙子在这期间仍在汉口的家中思念着达雄。不,不仅是汉口。随着外交官丈夫的调动,会去上海啦、北京啦、天津等地临时安家,她依然思念着达雄。当然,地震发生时,她已经是好几个孩子的妈妈了。嗯——先是两个差一岁的孩子,然后又生了一对双胞胎,所以是四个孩子的妈妈了。而且,丈夫也在不知什么时候成了酒鬼。即便这样,发胖的妙子

一篇恋爱小说 / 243

认为只有达雄才是真正和她相爱的人。确实是恋爱至上。不然的话，不可能像妙子那么幸福，至少不可能坦然面对人生的泥泞吧。——这种小说怎么样？

主笔 堀川，你是认真的吗？

保吉 是的，当然是认真的。请看世间的恋爱小说，女主人公不是玛利亚，便是克利奥帕特拉吧？但是，人生中的女主人公未必是贞女，同时也未必是淫妇。如果在老实的读者中，即便有一个男女读者把那种小说当真的话，情况会怎样呢？恋爱顺利自然另当别论，可是万一失恋了，肯定要么采取愚蠢的自我牺牲行为，要么更加愚蠢地采取报复行为。而且，当事人本身还自以为采取了什么英雄般的行为。可是，我的恋爱小说一点儿也没有传播这种坏影响的倾向。而且还在结尾处赞美女主人公的幸福。

主笔 你是开玩笑吧……总之，我们杂志是绝对不会刊登的。

保吉 是吗？我请其他杂志刊登。因为大千世界，肯定至少有那么一本赞同我想法的妇女杂志吧。

保吉的预见没有错。其证据是，这次对话刊登在这里了。

大正十三年（1924）三月